나 는

이 렇 게

쓴 다

나는 이렇게 쓴다

기시 유스케 지음

이선희 옮김

	장	르	문	학	의		대	가				
	기	시		유	스	케	의					
	엔	터	테	인	먼	트		글	쓰	기		

창해

3장 / 캐릭터

4장 / 문장 작법

5장 / 퇴고

6장 / 기교

문장의 기승전결을 논할 때 자주 거론되는 사례가 있다. 그 것은 바로 라이 산요(賴山陽. 에도 시대 후기의 시인이자 국학자. 1780~1832)가 지은 유명한 노래다.

교토 산조(京都三條)의 실가게에 딸내미가 있는데
언니는 열여섯에 동생은 열넷
제국의 무사는 활로 상대를 죽이고
실가게 딸내미는 눈으로 죽이네

교토 산조가 아니라 오사카 혼마치(大阪本町)라든지, 열여섯에 열넷이 아니라 열여덟에 열다섯이라든지, 활이 아니라 칼로 죽인다는 식으로 조금씩 다른 몇 가지 버전이 존재해 정본이 무엇인지는 확실치 않다.

실가게 주인에게 결혼 적령기의 딸이 있다는 내용으로 시작해 뭔가 흥미진진한 이야기가 펼쳐질 것으로 잔뜩 기대하지만, '전'단계인 세 번째 줄에 접어들어 뜬금없이 '제국의 무사는 활로 상대를 죽인다'는 살벌한 구절이 등장한다. 마지막 '결' 부분에서 다시 실가게 딸의 이야기로 돌아가는데, 처음에 예상한 것처럼 조금은 끈적한 이야기로 마무리된다. 남자를 눈빛으로 죽일 수 있다니, 이렇게 매혹적인 여인이 어디 있으랴.

하지만 나는 옛날부터 이 사례를 매우 싫어했다. 재미가 없었기 때문이다. 아름답게 마무리하려는 예정조화적 결말은 흥미를 반감시킨다. 단순한 말장난은 아니지만 일종의 언어유희에 가깝고, 독자의 마음에 파문을 일으키기보다 작가의 자기만족에 불과하다고 생각했다. 지금까지 기승전결이라는 단어를 들어보지 못한 사람은 이해가 쉬울지도 모르겠다. 하지만 소설을 쓰려는 사람, 특히 엔터테인먼트 소설을 쓰려는 사람에게는 백해무익하다.

그래서 나는 라이 산요의 노래를 약간 수정해 보았다.

교토 산조의 실가게에 딸내미가 있는데
언니는 열여섯에 동생은 열넷
제국의 무사는 활로 상대를 죽이고
실가게 딸내미는 바람총을 사용하네

원작보다 나아졌다고 말할 생각은 조금도 없다. 노래 수준이 떨어졌다는 지적에는 눈을 질끈 감고 싶을 정도다. 원래 노래에서는 '활(유미야)'과 '실가게(이토야)'의 운율을 맞추었다. 그런데 내가 수정한 노래에서는 '바람총(후키야)'에 '야'자를 한 번 더 사용한 데다 마지막 부분도 한 글자가 더 많아졌다(원래 노래보다 뒤의 노래가 일본어로 한 글자 많음).

여기까지 읽고 책을 탁 덮는 분이 있으리란 걸 잘 알고 있다. 하지만 부끄러움을 무릅쓰고 이야기하는 이유는 뒤의 노래가 내 소설 작법을 단적으로 보여주기 때문이다.

앞으로 소설을 쓰려는 분들은, 상상력을 한 조각도 느낄 수 없는 '눈으로 죽인다'는 문장에 부디 두려움을 느끼기 바란다. 사악한 눈의 소유자인가 메두사인가, 하고 따지지는 않겠다. 하지만 독자의 뜨뜻미지근한 공감을 기대하는 작가의 음흉한 미소나 '결말이 아름답지요?'라고 말하는 듯한 의기양양한 얼굴은 모든 분야의 크리에이터에게 적이란 사실을 기억해야 한다.

요즘 독자는 애초 '제국의 무사는 활로 죽인다'는 문장에 크게 놀라지 않는다. 이 노래를 처음 봤다고 해도 '눈으로 죽인다'와 비슷한 결말은 이미 예상했을 것이다. 따라서 임팩트가 제로에 가깝다. 그렇다면 독자의 예상을 어떻게 뛰어넘을지 고민해야 하지 않을까?

더구나 원전에서는 '전'단계의 한 구절이 단순한 비유로 끝났고 이야기에도 전혀 변화를 주지 않았다. 내가 손을 본 후에도 비유는 동일하다. 하지만 '결'이 '전'에 이끌려가 변질된 점이 다르다(단지 썩었을 뿐일지도 모르지만).

혹시 실가게 딸내미가 왜 바람총을 사용했는지 모르겠다는 분이 있을까? 그것은 합리적인 지적이다. 하지만 상상의 날개를 활짝 펴보시길 바란다.

교토 산조의 실가게라고 하면 왠지 오래전부터 내려오는 유복한 노포 같은 느낌이 든다. 그런 집안의 딸내미들이 왜 살인이라는 무서운 일을 저질렀을까? 어떤 슬픈 이야기가 숨어 있는 것일까? 더구나 살인도구로 바람총을 사용하다니, 이건 보통일이 아니다. 화살촉에는 당연히 독이 묻었을 것이다. 투구꽃인가? 맹독인가? 어디서 노렸을까? 살며시 열린 장지나 맹장지 사이일까? 아니면 천장의 판자를 옆으로 살짝 밀고 그랬을까? 천장에 숨어들려면 고도의 기술이 필요하다. 그렇다면 혹시 닌자일까?

어이없다는 표정으로 혹시 바보가 아니냐고 묻는 분들에게는 이렇게 말씀드리고 싶다. 소설의 본질은 망상이다. 어떻게 하면 디테일하고 설득력 있게 망상할 수 있을까? 이것이 승부의 갈림길이다. 중요한 게 또 한 가지 있다. 얼마나 독창성이 있는가? 즉, 얼마나 기발한 망상을 뽑아낼 수 있는가이다.

그렇다면 소설가는 기인이나 괴인, 괴짜에게 적합한 직업이 아닐까?

그렇다.

지금 이 책을 읽는 당신에게 딱 맞는 직업이다.

나는 작가로 데뷔하기 전 소설 작법에 관한 수많은 입문서와 실용서, 문장독본을 닥치는 대로 읽었다. 눈에서 비늘이 떨어질 만큼 좋은 책도 있었고, 목에 가시가 박히듯 쓸모없는 책도 있었다. 하지만 크든 작든 전부 도움이 되었다. 이 책이 여러분에게 조금이라도 도움이 된다면 그보다 기쁜 일은 없겠다(가능하면 눈에서 비늘이 떨어지는 쪽으로).

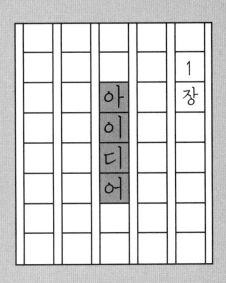

아이디어

1장

| 아 | 이 | 디 | 어 | 는 | | 하 | 늘 | 에 | 서 | | | | | | | |
| 뚝 | | 떨 | 어 | 지 | 지 | | 않 | 는 | 다 | | | | | | | |

　독자의 온몸을 마비시키는 엔터테인먼트 소설을 완성하기 위해 가장 우선적으로 필요한 게 무엇일까? 대략적인 스토리 구성일까? 표현하고 싶은 주제일까? 깊은 맛이 느껴지는 캐릭터나 독특한 무대 설정일까?

　물론 이것도 모두 중요하다. 하지만 더욱 중요한 포인트가 있다. 바로 이야기의 '씨앗'이다. 이야기의 씨앗을 찾아내지 못하면 아무것도 시작할 수 없다.

　따라서 나는 소설의 실마리, 즉 아이디어를 어떻게 손에 넣을 것인가에 대한 이야기로 글을 시작하려 한다.

재미있는 작품은 어떻게 태어나는가?

솔직히 아이디어의 계기는 무엇이든 상관없다. 이렇게 말하면 무책임하게 들릴지 모르겠지만, 어떻게 시작하는 게 좋으냐는 질문에 정해진 답은 없다.

흡인력 있는 캐릭터가 먼저 떠오르고, 그 다음 스토리를 완성하는 경우도 있다. 머릿속에 떠오른 기발한 무대가 작품의 계기가 되기도 한다. 임팩트 있는 문구가 생각나고, 그것을 제목으로 쓰고 싶다는 마음에 이야기로 발전시키기도 한다.

나만 해도 아이디어의 시작이 작품마다 다르다.

아이디어가 어디에서 비롯될지는 그 누구도 모른다.

하지만 한 가지 분명한 사실이 있다. 가만히 기다리기만 해서는 하늘의 계시처럼 뚝 떨어지지 않는다는 것이다.

뭔가를 이루고 싶다면 수동적인 태도에서 벗어나야 한다. 두 팔을 걷어붙이고 적극적으로 기회를 포착해야 한다. 재미있는 이야기의 토대가 되는 아이디어 역시 하늘에서 떨어지기를 기다려서는 안 된다.

시작 단계에서 아이디어는 하나의 '씨앗'에 불과하다. 이 '씨앗'이 매력적인 작품으로 발전할 수 있을지는 아무도 모른다. 그리하여 때로는 간과하기도, 줍다가 놓치기도 한다. 두 손으로 잡으려 하지만 손가락 사이로 스윽 빠져나가는 일도 생긴다.

그것을 어떻게 붙잡아 싹을 틔우고 꽃을 피우고 열매를 맺게

할 것인가? 소설을 창작하는 작업은 작은 아이디어라는 '씨앗'을 발견해 정성껏 돌보며 키워나가는 일이라고 생각한다.

구체적으로 이야기를 나눠보자.

아이디어라는 '씨앗'을 줍기 위해 나는 일단 메모를 부지런히 한다.

의표를 찌르는 트릭, 참신한 설정, 개성 넘치는 캐릭터 등 소설의 재료가 될 만한 것이나 아이디어가 떠오르면 재빨리 메모한다. 이러한 '메모'가 좋은 아이디어를 얻기 위한 첫 번째 단계라고 할 수 있다. 그래서 나는 항상 메모지를 휴대한다.

지금까지의 경험을 돌이켜보면, 좋은 아이디어를 얻으려고 죽을힘을 다해 노력할 때보다 머리를 비우고 반쯤 기계적으로 몸을 움직일 때 결과가 더 좋았다.

그것은 때로 산책을 하거나 욕실에서 샤워할 때이기도 했다. 물론 욕실 안까지 메모지를 갖고 들어가지는 않는다. 따라서 황급히 몸의 물기를 닦고 메모하러 가는 일이 종종 생겨난다.

아이디어는 한순간의 번뜩임처럼 갑자기 찾아온다. 아이디어가 떠오르면 재빨리 기록해야 한다. 나중에 메모할 요량으로 느긋하게 대처하면 대부분 어디론가 사라져 버린다. 아이디어는 망각과의 싸움이기도 하다.

자신의 머리에 떠오른 것만이 아이디어의 재료는 아니다. TV

를 보거나 인터넷 서핑을 할 때, 순간적으로 마음에 걸리는 뉴스나 관심을 끄는 정보와 만나기도 한다. "아하, 그렇구나" 하며 그냥 지나치면, 그것은 즉시 망각의 저편으로 사라진다. 반면에, 간단해도 좋으니 메모를 해두면 그것은 하나의 '씨앗'이 된다. 싹이 나올 씨앗인지 아닌지는 아직 미지수이다. 어쩌면 사용할 수 없을지도 모른다. 하지만 언젠가 다른 아이디어와 결합하거나 이어져 크게 자라날지도 모르는 일이다.

나는 이런 식으로 메모한 아이디어를 정기적으로 정리해 컴퓨터에 보관한다. 이것이 나의 아이디어 노트이다.

메모는 황급히 휘갈겨 쓰기 때문에 알아보기 힘들 때가 많다. 분명히 직접 썼음에도 시간이 지나면 무슨 말인지 모르는 경우가 허다해진다. 따라서 가급적 빨리 아이디어 노트에 정리해야 한다. 단순한 메모를 확실한 형태로 만들어, '아이디어의 재료'로써 언제든지 사용할 수 있도록 준비해 두는 것이다.

나는 새로운 작품에 들어갈 때면 아이디어 노트를 대강 훑어보는 일부터 시작한다. 쓸 만한 소재를 찾으며 앞으로 진행할 이야기의 이미지를 부풀려나간다.

생각이 떠오를 때마다 메모한 뒤 컴퓨터에 정리하는 습관을 가진 뒤로, 나는 아이디어 고갈에서 벗어나게 되었다. 아이디어 노트에 원하는 이야기의 힌트가 반드시 존재하곤 했기 때문이다.

거듭 말하지만, 아이디어는 최고의 타이밍에 하늘의 계시처럼 우리에게 뚝 떨어지지 않는다. 매일의 번뜩임과 깨달음이 차곡차곡 모여 좋은 이야기 소재가 되는 것이다.

물론 글쟁이 중에는 기발한 아이디어가 샘솟듯 쏟아져 나오는 천재도 있으리라. 하지만 대부분의 작가는 일상생활에서 우연히 마주친 재료들을 허투루 대하지 않고 꼼꼼히 챙겨 사용한다.

"	만	약		○	○	이		X	X	라	면	?	"		하	고	
가	정	하	는		습	관											

나는 상상력을 확대하는 사고훈련 가운데 "만약 ○○이 XX라면 어떻게 될까?"라는 가정을 자주 이용한다. 일상생활에서 만나는 평범한 사건을 비틀어 보는 것이다. 현실적으로 신기한 일이 아니더라도 극단적으로 상승시키거나 도식(図式)을 거꾸로 만들면 어떻게 될지 생각해 보라. 상상의 날개를 마음껏 펼쳐보는 것이다.

실제로 작품의 힌트가 된 사례 가운데 이런 것이 있었다. 몇 년 전, 나는 독감에 걸려 고열에 시달리던 중 몽롱한 머리로 이런 망상을 했다.

"만약 독감 바이러스가 인간에게 고통이 아니라 쾌락을 가져다준다면?"

고열과 심한 기침을 동반한 독감에 걸리면 그 누구든 괴롭기 짝이 없다. 그래서 독감이 유행하는 계절이 되면 마스크를 쓰고 손을 자주 씻으며 양치질에 신경쓴다. 그런데 독감이 고통이 아니라 쾌락을 느끼게 한다면 어떻게 될까? 사람들이 지금처럼 독감에 걸리지 않으려고 온갖 노력을 다할까? 아마 그렇지 않을 것이다.

오히려 기꺼이 독감환자가 되고 싶어하지 않을까? 그리하여 주변에 독감 걸린 사람이 있으면 적극적으로 다가가지 않을까? 바이러스쪽에서 보면 두 손 들고 환영할 상황으로, 그들이 빠르게 번식할 수 있는 최고의 기회가 될 것이다. 그리하여 독감은 단기간에 전 세계로 퍼져나갈 것이다.

쾌감 인자와 높은 살상력(殺傷力)을 지닌 바이러스가 만연하면 세상에 어떤 일이 벌어질까?

나는 이런 식으로 팽창, 발전시킨 아이디어를 『천사의 속삭임』에 사용했다. "만약 OO이 XX라면?"이라는 단순한 망상에서 시작된 연상게임 같은 작품이다. 독감에 걸려 소중한 시간을 빼앗겼지만, 병상에서 떠올린 망상으로 새로운 작품을 탄생시켰으니 전화위복이었던 셈이다.

이런 식으로 소소한 아이디어가 한 편의 장편소설로 발전하는 경우는 드물지 않다.

아이디어의
숙성기간과 유통기한

아이디어라는 건 참으로 신기해서, 그 생각을 떠올릴 당시에는 "내가 이렇게 멋진 아이디어를 생각해 내다니!" 하며 착각하곤 한다.

하지만 일정한 시간이 흐르고 나면 대부분 "어? 처음에 생각했던 것만큼 재미가 없네"라든지 "뭐야? 이런 아이디어는 너무 흔하잖아?"라며 기운이 꺾이곤 한다. 이것은 어쩌면 간밤에 꾼 재미있는 꿈과 비슷한 상황일지도 모른다. 꿈속에서는 신나고 재미난 시간을 보냈지만, 아침에 일어나 돌이켜보면 시시하게 느껴지는 경험이 누구에게나 있지 않을까?

따라서 시간이 흐른 후 아이디어 노트를 뒤적이다 보면 고개가 갸웃거려지는 내용이 섞여 있게 마련이다. 이와 반대로 처음에는 대수롭지 않게 여겼으나, 시간이 지난 후 무릎을 치게 만드는 아이디어 역시 존재한다. 옥석이 뒤섞여 있는 것이다.

아이디어에는 숙성기간이 필요한 듯하다. 아무리 훌륭한 아이디어라도 바로 소설에 적용하는 일은 피하는 것이 좋다. 아이디어가 떠오르자마자 글을 쓰기 시작한다면, 도중에 "이 소재가 정말로 재미있을까?" 하는 마음이 들어 자신감을 잃을 수 있다. 그리하여 결국 몇십 장 분량의 원고를 쓰레기통으로 보내게 될지도 모른다.

한편, 어디에나 널려 있을 법한 아이디어라고 쓰레기통에 바로 버릴 필요는 없다. 다른 아이디어와 결합시킴으로써 새롭게 변모할 수 있기 때문이다. 지금은 쓸모없어 보이지만, 언젠가 빛을 발하게 될 날을 기다리며 아이디어 노트 한쪽에 간직해 두는 것이 좋다. 당분간 묵히는 것이다.

실제로 내 아이디어 노트에도 몇 년씩 묵혀둔 것들이 꽤 많다. 언젠가는 도움이 될지 모른다는 생각으로 아이디어가 떠오를 때마다 계속 축적하는 중이다.

하지만 아이디어에 따라 유통기한이 정해진 것도 있다. 기술 발전과 과학의 진보로 현실이 아이디어를 추월하는 경우다.

외부와 쉽게 연락을 취할 수 있는 현대사회에서, 휴대전화가 보급되기 전 생각해 낸 밀실트릭은 적합한 소재가 아니다. 또 대지진이나 화산 폭발로 사회상황이 크게 바뀌면서 위화감이 생겨나는 아이디어도 있게 마련이다. 때로는 비슷한 아이디어를 사용한 작품이 먼저 발표되기도 한다.

그렇다고 아이디어를 일찍 사용하는 것이 꼭 좋은 일은 아니다. 아이디어의 가치는 유동적이라는 사실을 우리는 명심해야 한다. 항상 현재의 시점에 비추어 생각하는 냉정함과 객관성을 잃지 말아야 한다.

상	식	을		의	심	하	면							
사	고	가		자	유	로	워	진	다					

"만약 ○○이 ××라면?"이라는 사고의 장점은 매일 반복되는 현실 속에 재미있는 소재가 널려 있다는 것이다. 상식을 의심 하면 틀에 박힌 사고에서 자유로워질 수 있다. 그런 다음 아이 디어를 어떻게 확장시킬 것이냐는 작가의 능력에 달렸지만 말 이다.

내 아이디어 노트에 저장되어 있는 소재 가운데 "만약 사람 이 무제한으로 커진다면?"이라는 내용이 있다. 여기서 이미지를 조금 더 확대해 보자.

이 부분은 생물에 관한 자료를 닥치는 대로 읽던 시절 적은 것이다. 생물 가운데 파충류는 환경이나 조건이 갖춰질 경우 거 의 무제한으로 성장한다고 한다. 간혹 아마존의 오지에서 거대 한 몸집의 악어가 잡히는 것은 그러한 조건이 충족되었기 때 문이다.

이런 특성이 인간에게도 해당된다면 어떨까?

나이를 먹을수록 인간의 몸이 커진다면, 심각한 고령화 사회 에 진입한 일본은 그 즉시 거인들의 나라로 변하게 된다. 그러면 전철에서 젊은이가 자리를 양보해도 노인은 앉을 수 없고, 횡단

보도를 건너는 할머니의 손도 잡아주기 어려워진다. 또한 간병이 중노동으로 바뀌고, 장례식에서는 거대한 관을 앞에 놓고 눈물을 흘려야 할 것이다. 어쩌면 몸집이 커진 노인의 육체 자체가 젊은이에게 공포의 대상이 되지 않을까?

그런 기묘한 사회는 어떤 문제를 안고 있을까? 우리는 그것과 어떻게 마주해야 할까?

이런 식으로 "만약 ○○이 XX라면?"이라는 아이디어에서 가지를 뻗어나가다 보면 새로운 세계관이 조금씩 구체적으로 모습을 드러낸다.

소설의 묘미는 상상력을 끝없이 확대해 현실에는 있을 수 없는 세계를 만들어내는 것이다. 나에게 그러한 즐거움을 가르쳐준 작품으로 브라이언 앨디스(Brian Aldiss. 영국 작가)가 쓴 『지구의 긴 오후』를 들 수 있다.

그야말로 상상력의 한계에 도전한 작품으로, 그런 뉘앙스의 카피가 띠지에 가득했던 기억이 아직도 생생하다.

무대는 태양의 수명이 얼마 남지 않은 아득한 미래. 팽창한 태양 밑에서 이미 자전을 멈춘 지구에는 영원한 낮과 밤이 존재한다. 낮의 세계는 거대한 수목으로 뒤덮인 열대지역이 되었고, 생태계의 정점에 군림하는 건 인간과 동물이 아니라 식물이다. 그런 이세계(異世界)에서 여행하는 소년 그렌의 이야기가 전개된다.

일단 설정만으로도 SF를 좋아하는 사람이라면 설레지 않을 수 없다. 작품에 등장하는 기이한 생물을 보면 가슴이 뛰고, 달까지 덩굴을 뻗은 식물이나 지능이 높은 버섯, 달에 사는 조인(鳥人) 등 픽션의 가능성을 마음껏 즐기게 해주는 세계관에 심장이 쫄깃해진다.

이 책의 가장 큰 특징은 현실과 동떨어진 세계를 구축하면서도, 각각의 세심한 묘사가 독자의 가슴에 울려 퍼지는 리얼리티를 갖고 있다는 점이다. 이는 필력은 물론이거니와 작가의 내면에서 작품 속 세계관이 치밀하게 완성되어 있다는 증거다.

진화한 곤충이 마구 날뛰는 정글에서 약자로 살아가야 하는 인간들의 구도가 현실세계와는 정반대지만, 단숨에 시선을 사로잡는 긴박감과 현장감이 존재한다. 어딘지 모르게 향수를 불러일으키며 "그 세계에 가보고 싶다!"고 생각하게 만드는 것도 큰 특징이라 할 수 있겠다.

최근의 SF 작품들에는 '상상력의 한계에 도전한 뛰어난 작품'이라는 홍보용 문구가 종종 사용된다. 하지만 『지구의 긴 오후』를 뛰어넘는 경우는 좀처럼 보기 어려운 것이 현실이다. 브라이언 앨디스의 작품은 상상력이란 무엇인가, 가능성을 얼마나 숨기고 있는가를 알아보는 데 좋은 참고가 될 것이다.

| 방 | 범 | 탐 | 정 | | 에 | 노 | 모 | 토 | | 케 | 이 | 의 | | | | | |
| 모 | 델 | 은 | | 열 | 쇠 | 가 | 게 | | 주 | 인 | | | | | | | |

　심사위원으로 신인상 응모작을 읽다 보면, 때로는 아마추어가 썼다고 믿기 어려울 만큼 수준 높은 작품을 만나기도 한다. 그럴 때 나는 심사위원이라는 위치를 잊어버리고 단숨에 그 세계로 빠져들곤 한다.

　그런 작품에는 몇 가지 특징이 있다. 그중 하나가 다른 응모작에서는 찾아볼 수 없는 참신함과 독창성을 겸비했다는 점이다.

　이는 창업과 매우 비슷하다. 회사를 창업할 때, 획기적인 사업계획이 있으면 그만큼 성공확률이 높아진다. 소설도 마찬가지다. 다른 사람이 생각지 못한 참신한 아이디어가 있으면 그 작품은 성공을 향해 한 걸음 더 나아갔다고 할 수 있다.

　반드시 실현하고 싶은 사업계획이 있는 사람과 일단 회사를 만드는 데 목적이 있는 사람 가운데 누가 더 훌륭한 경영자가 될까? 말할 필요도 없이 전자다. 소설을 쓰는 목적도 이와 다르지 않다. 단지 작가가 되고 싶은 사람보다 '이것을 꼭 쓰고 싶다!'는 아이디어가 있는 사람의 작품이 매력적으로 느껴지는 건 당연한 이치 아닐까?

저장해 놓은 아이디어 중 하나가, 어느 날 사소한 경험을 계기로 끈이 풀려 점점 팽창해 나가는 과정은 즐겁기 그지없는 일이다.

여기서 잠시 『유리망치』의 아이디어를 얻었을 당시의 내 경험을 이야기하려 한다. 이 작품은 방범탐정 에노모토 시리즈의 막을 여는 장편 미스터리인데, 비교적 일찍부터 원형을 이루는 아이디어가 노트에 자리잡고 있었다. 그것이 장편으로 승화된 계기는 일상생활 속 작은 사건 때문이었다.

오래전 일이다. 나는 집의 방범장치를 둘러보면서 각종 방범상품과 보안 서비스에 대해 나름대로 조사했다. 그러던 어느 날, 모 보안업체의 영업사원을 집으로 불러 구체적으로 의논을 나누게 되었다. 그런데 담당자의 설명이 두루뭉술해 신뢰가 가지 않았다.

그는 침을 튀기며 열변을 토했다.

"이 시스템을 설치하면 외부에서 절대로 침입할 수 없습니다."

하지만 아마추어인 내가 즉각적으로 반박할 수 있는 설명에서 벗어나지 못했다. 마음속에서 불안감이 모락모락 피어올랐다. 그런데 그가 데려온 열쇠가게 주인이 굉장한 프로였다.

그는 최신 열쇠따기 수법을 자세히 설명한 뒤, 나를 똑바로 쳐다보며 단언했다.

"세상에 내가 못 여는 열쇠는 없습니다."

이는 불안을 부추기는 말로도 받아들일 수 있었다. 하지만 자물쇠를 팔아보려는 그 어떤 영업적 행위보다 강하게 와닿았다. 결국 나는 "이건 내가 돌파하는 데 가장 시간이 오래 걸립니다"라고 그가 말한 자물쇠를 선택했다.

그 일을 통해 나는 방범분야에도 명탐정처럼 똑똑하고 지적인 사람이 있음을 알게 되었다. 그리고 아이디어 노트의 한쪽에 파묻혀 있던 밀실트릭 아이디어와 결합시켜 『유리망치』를 완성했다.

그 당시의 열쇠쟁이가 바로 방범탐정 에노모토 케이의 모델이라고 할 수 있다. 방범탐정 에노모토 케이가 처음 등장할 때 나는 그런 경험 속에서 습득한 전문적인 지식을 충분히 살렸다.

다음은 에노모토가 운영하는 방범용품 가게를 준코가 처음으로 방문해, 그곳을 찾아온 진짜 이유를 말하지 않고 손님으로 가장해 이야기 나누는 장면이다.

"사시는 곳은 아파트인가요, 단독주택인가요?"

남자가 질문을 시작했다. 말투는 정중하고 침착했다.

"임대 아파트예요. 9층 건물의 맨 위층이죠."

"한 층에 몇 가구입니까?"

"세 가구예요."

"이웃과 친하게 지내시나요?"

"전혀요. 귀찮기도 하고 시간대도 맞지 않아서요."

"요즘은 그런 집이 많지요. 하지만 그건 상당히 위험한 일입니다."

남자는 카운터에 대형 파일을 올려놓았다. 그리고 아파트 모형도가 그려진 페이지를 펼쳐 준코에게 보여주었다.

"맨 위층은 1, 2층 다음으로 표적이 되기 쉽습니다. 다른 층에 비해 사람이 없는 경우가 많고, 비교적 고소득자가 거주할 확률이 높으니까요. 적어도 같은 층에 사는 사람들끼리 눈인사라도 하면 안전도가 눈에 띄게 높아지죠. 관리인은 상주하나요?"

"아뇨. 쓰레기 버리는 날만 와요. 하지만 일단 오토록(자동잠금) 시스템이에요."

"그래요? 뭐 오토록이 소용없다는 건 아닙니다. 방문판매원도 상당히 줄고, 책임능력은 없지만 살상능력은 있는 사람들이 함부로 들어오는 것도 막아주니까요."

준코는 책임능력이라는 말을 이런 데서 듣고 싶지는 않았다. 그렇다고 해서 입 밖으로 드러내지는 않았다.

"……하지만 오토록을 과신해서는 안 됩니다. 옛날 방식이라면 종이를 끼워 센서를 차단하기만 해도 열리니까요. 그게 아니라도 낮에는 쉽게 침입할 수 있습니다. 입주민을 가장해 들어갈 수도 있고, 적당한 집의 인터폰을 눌러 택배나 가스 검침을 이유로 문을 열어달라고 할 수 있으니까요. 오토록은 비밀번호 방식인가요?"

"아니요. 열쇠인데요……."

"그게 더 낫습니다. 비밀번호가 도둑들 사이에서 이미 퍼졌을지도 모르니까요. 시간이 오래 지나면 특정 숫자의 버튼에 손때가 묻음으로써 번호를 짐작할 수 있습니다. 물론 열쇠인 경우에도 여벌열쇠가 돌아다닐 가능성이 있죠. 그밖에 피킹(자물쇠를 여는 것)으로도 얼마든지 딸 수 있어요."

준코는 점점 불안해졌다.

두 사람은 이렇게 만났다. 그리고 내 작품들 가운데 가장 생명력이 긴 시리즈가 되었다.

아	이	디	어	를											
갈	고	닦	는		법										

이처럼 축적된 아이디어는 다른 것과 결합해 갑자기 꽃을 피우기도 한다. 또한 갈고닦다 보면 돌멩이인 줄 알았던 아이디어가 갑자기 다이아몬드가 되는 일도 있다. (물론 반대로 갈고 또 닦았더니 석탄 덩어리인 경우도 적지 않다. 이것은 계속 연마해 보지 않으면 알 수 없다.)

아이디어를 키우려면 자극이 필요하다. 수많은 자극 속에 자신을 내려놓고 계속 흔들어본다. 그러면 평소와 다른 시점이 열릴 것이다.

구성이 독특한 영화를 보면 '이것을 내 소설에 적용하면 어떨까?'라고 생각해 본다. 소재와 스토리를 그대로 차용하면 표절이 되지만, 구성이나 본질을 참고하는 건 나쁜 일이 아니다. 오히려 두 손 들고 환영할 만한 일이라고 나는 생각한다.

흔히 A라는 이야기와 B라는 이야기가 나란히 달리다, 결국 결말에서 하나로 이어지는 패턴이 있다.

빌 밸린저(Bill Sanborn Ballinger. 미국 작가)의 『이와 손톱』이라는 작품에 나는 깊은 인상을 받았다. 살인사건이 발생했는데, 현장에는 불에 탄 의치와 정강이뼈, 오른손 중지의 끝부분만 남아 있을 뿐이다. 가장 중요한 시신이 발견되지 않았다.

이 기묘한 사건을 둘러싸고 검사와 변호인 사이에 치열한 논쟁이 벌어진다. 각각의 시점에서 몇 가지 에피소드가 펼쳐지고, 그것들이 하나로 이어질 때의 서프라이즈도 탄탄하게 마련되어 엔터테인먼트로써 즐겁게 읽을 수 있었다. 그리고 그 책을 덮으며, 나도 언젠가 그런 방식으로 작품을 써보리라 결심했다.

어디까지나 하나의 사례지만, 구성과 줄거리의 근간에서 힌트를 얻어 무대와 캐릭터, 스토리를 새롭게 짜나가면 훌륭한 오리지널 작품으로 마무리할 수 있다.

옛날이야기는 모든 사람들의 공유재산 같은 것이므로 '모모타로(복숭아에서 태어난 남자아이 모모타로가 사람들을 괴롭히는 귀신을 물리친다는 일본의 전래동화)'를 밑에 깔고 새로운 권선징악 스토리를 구축하는 것도 가능하다. 서유기나 그리스 신화도 마찬가지다.

환골탈태라는 말이 있듯이, 옛사람의 아이디어와 형식을 본뜨고 자신만의 아이디어를 가미해 새로운 작품을 만드는 건 예술기법으로 인정받는다. 선례가 있는 기법이나 트릭도 나름대로 내용을 가미해 새로운 작품으로 승화시킨다면 조금도 문제가 되지 않는다.

장르나 미디어에 상관없이 수많은 선례(작품)와 접해두는 건 작가가 되고 싶어하는 사람이라면 매우 중요한 일이다. 언젠가 반드시 피가 되고 살이 되기 때문이다.

영화를 볼 때마다 나는 호러 소설의 최대 라이벌은 호러 영화라는 생각이 든다. 공포심을 유발하기 위해 영상매체에서는 시각을 자극하거나 청각에 호소하는 등 활자로는 표현하기 어려운 여러 기법을 동원한다. 표현수단으로써 소설이 영화보다 뒤떨어지지는 않지만, 영상에 대항하기 어려운 부분이 있는 건 사실이다.

그러나 그런 면들을 활자로 표현할 수 없는가 하면 꼭 그렇지는 않다. 영화를 참고하고 활용하면 활자를 이용한 표현이 좀더 디테일해질 수 있다.

나를 소설 세계로 끌어들인 유년 시절의 첫 번째 경험

소설을 전혀 읽지 않으면서 소설가가 되려는 사람은 없을 것이다. 소설가가 되고 싶어하는 배경에는 지금까지 읽어온 많은 책들이 영향을 미쳤을 것이기 때문이다.

나도 예외가 아니다. 어릴 때부터 청년 시절까지의 독서경험을 토대로 나는 소설가의 길을 선택했다.

지금 생각해 보면, 내가 책을 열심히 읽게 된 근원에는 부모님의 전략이 숨어 있었던 것 같다. 어린 시절 부모님은 매일 머리맡에서 동화책을 읽어주셨다. 나는 하루 가운데 그 시간을 가장 좋아했다. 그런데 어느 시기가 되자 그 일이 중단되었다.

나는 책의 내용을 좀 더 알고 싶었다. 하지만 아무리 부탁해도 부모님은 책을 읽어주지 않았다. 따라서 스스로 읽는 수밖에 없었다.

독서에 눈을 뜬 게 초등학교 들어가기 전이었으므로, 아직 못 읽는 글자나 모르는 단어가 많았다. 그런데 그런 상황이 글자를 열심히 공부하게 만드는 동기부여가 되었다.

지금도 기억에 남는 작품은 루스 스타일스 개니트(Ruth Stiles Gannett. 미국 아동문학가)가 쓴 『엘머의 모험』 3부작(『엘머의 모험』,『엘머와 아기용』,『푸른 나라의 용』)과 휴 로프팅(Hugh Lofting. 미국 아동문학가 겸 삽화가)이 쓴『둘리틀 박사 이야기』시리즈다. 둘 다 기상천외한 스토리와 재미있는 삽화를 비롯해, 아이들을 즐겁게 하는 장치가 두루 사용된 작품이다. 나는 당시부터 판타지를 좋아했던 것 같다.

이야기 무대가 외국이어서 가슴에 와닿지 않는 부분도 있었다. 하지만 그것 역시 꿈이나 상상력을 자극해 즐거움을 안겨 주곤 했다.

책과의 만남으로 행복을 얻은 나는 계속 독서의 즐거움에 빠지게 되었다. 주말에 부모님을 따라 친척집에 놀러 가면 제일 먼저 책장 앞으로 달려갔다. 내 또래의 친척과 노는 대신 책에 빠진 걸 보면 사교성이 부족한 측면도 있었던 것 같다. 하지만 나로서는 세상에서 가장 행복한 시간이었다.

당시에는 마음에 드는 작품이 나타나면 몇 번이고 반복해서 읽었다. 결말을 알아도 클라이맥스에 도달할 때까지의 과정이 즐거웠고, 심장이 쫄깃해지는 기분을 다시 맛보고 싶었기 때문이다.

초등학교 저학년 시절, 요한 다비드 비스(Johann David Wyss. 스위스 출신의 개혁파 목사이자 아동문학가)가 쓴『스위스의 로빈슨 가족』이라는 작품에 정신없이 빠져들었다.『로빈슨 크루소』

에서 힌트를 얻어 쓰여졌는데, 배가 좌초되면서 일가족이 표류하는 내용을 담고 있다.

부모님과 네 소년으로 구성된 가족은 마스티프라는 개를 키웠다. 나는 그 개에 대한 궁금증이 생겨나 도감을 살펴보았다. 그런데 마스티프가 일본 도사견(土佐犬)의 원종(原種)이었다. 그 사실을 알고 나니 호기심과 지적 욕구가 더욱 충족되었다. 재미있는 이야기를 접하다 보면 뜻밖의 지식까지 얻게 된다는 사실을 깨달은 첫 번째 경험이었던 것 같다.

초등학교 3~4학년이 되자 미스터리와 SF를 접할 기회가 늘어났다. 나는 국내외 작품을 가리지 않고 닥치는 대로 읽었다. 그러다가 다른 장르에 비해 엔터테인먼트 분야가 좀 더 특별하다는 사실을 깨닫게 되었다. 그쪽의 새로운 작품들을 잇달아 읽는 시간이 늘어났다.

특히 쓰쓰이 야스타카(筒井康隆)가 쓴 『SF 교실』을 읽고 나는 충격을 받았다. SF에 대한 애정이 가득한 가이드북인데, 그 책에 언급된 작품들을 찾아서 독파했다. 실망스런 작품이 하나도 없었다. 나는 단숨에 SF의 팬이 되었다.

그 시점에는 아직 쓰쓰이 야스타카의 다른 작품을 읽기 전이었다. 나는 저절로 그의 저작물에 관심이 갔다. 그래서 일단 『떠들썩한 가족』이라는 쇼트쇼트(원고지 20장 내외의 초단편소설)를 읽었다. 책을 다 읽은 뒤 나는 그대로 고꾸라졌다. 기상천외하면서도 외설적인 이야기가 전개되는 독특한 작품이었다. 그때까지 읽은 책들과는 완전히 다른 재미가 있었다.

초등학교 고학년 때는 서머싯 몸(Somerset Maugham. 영국 소설가이자 극작가)이 쓴 『인간의 굴레』와 찰스 디킨스(Charles Dickens. 영국 작가)의 작품에 매료되었다.

중학생이 되고 나서 나는 전철을 타고 통학하기 시작했다. 집에서 학교까지 편도 30분쯤 걸렸는데, 학교를 오갈 때 문고판 한 권씩을 읽는 게 매일 정해진 패턴이었다. 빨리 읽을 때는 30분 만에 한 권을 끝내기도 했다. 특별한 목적 없이 오직 이야기에 빠지는 게 즐거웠던 시절이다.

어린 시절을 이렇게 보냈기에, 어떤 형태로든 소설과 관련된 일을 하고 싶다는 마음이 생겨났다. 그런데 처음에는 글을 쓰는 일이 아니라 책을 파는 일에 관심이 갔다. 손님이 없을 때를 이용해 서점에 진열된 책을 마음껏 읽을 수 있다고 생각했기 때문이다.

지금 생각하면 순진하기 짝이 없는 사고였다. 그나마 중학교 3학년에 접어들어 서점은 그런 꿈의 직장이 아니라는 사실을 알게 되었다. 어쩌면 글쓰는 것에 대한 관심이 솟구치기 시작했기 때문인지도 모른다.

초	등	학	생		때		처	음	으	로						

소	설	을		쓰	다											

지금도 글을 쓰다가 틈이 나면 다양한 책을 손에 들곤 한다. 하지만 시간이 여유로웠던 학창시절에는 따라가지 못한다. 그때 접했던 많은 소설은 두고두고 나의 소중한 자산이 되었다.

전업작가가 되면 원고 마감에 쫓기기 쉬우므로 독서시간을 확보하기가 쉽지 않다. 책을 보기는 한다. 하지만 참고자료로 읽는 일이 늘어나고 순수하게 그 일을 즐기는 시간은 줄어든다.

여기에는 각자의 생활습관도 영향을 미친다. 주변의 작가들과 이야기를 나누다 보면 독서에 대한 현실이 극단적으로 나뉘는 듯하다. 나의 어린 시절처럼 책을 많이 읽는 사람이 있는가 하면, 다른 사람 작품을 거의 읽지 않는 경우도 있다.

이처럼 독서 습관은 제각기 다르다. 하지만 기본적으로 젊은 시절의 풍부한 독서가 작가의 기초체력이 된다. 또한 지식과 기량을 축적하는 계기가 되어 자신만의 서랍을 늘려주는 건 틀림없는 사실이다.

물론 책을 많이 읽지 않고도 뛰어난 작품을 쓰는 작가가 없는 건 아니다. 그러나 그것은 아무나 할 수 있는 일이 아니다. 그런 유형의 작가라면 애초 이 책을 볼 필요가 없으리라.

내가 처음으로 소설을 쓴 건 초등학생 때였다. 머릿속에 떠오른 이야기를 써내려간 조잡한 내용으로, 아무에게도 보여주지 않고 혼자 미소를 지었다.

중학생이 된 후 나는 좀 더 본격적으로 글을 써야겠다고 마음먹었다. 하지만 풍부한 독서량 덕분에 눈만 높고 실력은 따라가지 못하는 상황이 이어졌다. 무언가를 끄적거리긴 했지만 만족스럽지 않았다. 결국 좋은 작품이 안 나오는 것에 회의를 느끼고 도중에 팽개치는 일이 반복되었다.

실제로 작품을 써서 공모전에 응모해야겠다고 결심한 건 시간이 여유로웠던 대학시절이다. 하지만 그때도 좀처럼 마무리를 짓지 못했다. "내용이 이래서는 아무리 써도 만족스러운 작품을 완성할 수 없다"며 중간에 내던지는 일이 되풀이되었다.

그 무렵 나는 '하야카와SF콘테스트'를 목표로 삼고, SF 단편에 도전했다. SF에 빠진 탓도 있지만, 분량이 적은 작품으로 응모할 수 있다는 점이 큰 매력이었다.

나는 장편을 쓰기 위해서는 체력이 뒷받침되어야 한다는 사실을 통감했다. 이는 육체적인 부분이 아니라 뇌의 체력을 의미한다. 수백 장의 원고지를 앞에 두고 하나의 이야기를 구성해 마지막까지 끌어가다 보면, 처음에 생각했던 내용에서 벗어나거나 두근거림이 사라지기 일쑤였다. 끝을 내지 못한 채 내던지는 것도 그 때문이다. 그런 과정을 겪으며 '내게는 장편을 쓸 만한 힘이 없다. 하지만 단편이라면 단기간에 집중적으로 해낼 수 있지 않을까?' 하고 생각하게 되었다.

프로 작가가 된 지금 생각해 봐도 그러한 판단은 틀리지 않았다. 그러한 과정을 통해 장편이 원고지 수백 장에 이르는 긴 이야기가 아니라 몇 가지 단편의 집합체라는 자세가 몸에 배었기 때문이다. 이 부분은 나중에 자세히 설명하겠지만, 나의 소설 작법에서 중요한 힌트가 되었다.

데뷔작 『13번째 인격』의 탄생 비화

내 데뷔작은 제4회 일본호러소설대상에서 대상을 수상한 『검은 집』이 아니라 그보다 1년 전 같은 상에서 가작을 받은 『13번째 인격』이다. 『13번째 인격』을 썼을 때의 과정을 잠시 되돌아보자.

나는 대학을 졸업하고 생명보험회사에 다녔다. 하지만 소설가가 되고 싶어 서른 살에 회사를 그만두고 집필활동에 전념했다. 집필활동에 전념했다고 하니 그럴듯하게 들리지만, 원하는 작품을 못 쓰고 특별한 성과도 내지 못해 초조함으로 똘똘 뭉쳐 있던 날들이었다. 일본호러소설대상이 생겼단 소식을 들은 나는 그 상에 도전하기로 결심하고, 매년 작품을 응모했다.

『13번째 인격』를 쓰기 전에 나는 "이거라면 틀림없이 대상을 받을 수 있다"고 확신할 만큼 자신 있는 플롯을 완성했다. 영혼이 빠져나가면서 육체는 뇌사판정을 받고 신장을 이식받는다. 하지만 뒤늦게 돌아온 영혼에 의해 신장이 폭주하기 시작한다는 내용이다. 이번에는 틀림없다고 생각하며 최선을 다해 원고를 써내려갔다.

그런데 그해의 대상 수상작인 『패러사이트 이브(세나 히데아키瀨名秀明)』를 읽고 나는 경악하지 않을 수 없었다. 전개는 물론이고 세밀한 부분의 묘사까지 비슷했기 때문이다. 아무리 우연이라지만, 그대로 원고를 마무리해 응모했다면 틀림없이 모방이나 표절로 의심받을 만한 수준이었다. 나는 눈물을 삼키며 그동안 써온 원고를 쓰레기통에 던져 넣었다.

이제 무엇을 써야 하지? 새로운 아이디어를 짜내면서 '무섭다'는 게 어떤 것인지 생각하다, 1995년 발생한 고베대지진을 떠올리게 되었다. 직접 경험한 일로, 새벽에 발생한 격렬한 진동에 한순간 죽음의 공포를 느꼈었다.

지진 피해는 상당히 심각했다. 반석처럼 튼튼하다고 믿어온 사회가 단숨에 무너져버린 현실에 사람들은 충격을 받았다. 무참히 파괴된 고속도로. 여전히 불길에 휩싸여 있는 주택가. 흡사

지옥과도 같은 광경을 보며 우리가 살아온 세계가 얼마나 허무한지를 절감하는 순간이었다.

복구가 시작되고 정신적으로 어느 정도 안정을 찾자, 그처럼 특별한 경험을 작품에 살리면 좋지 않을까 하는 생각이 들었다. 그와 동시에 대니얼 키스(Daniel Keyes. 미국 작가)가 쓴 『빌리 밀리건』을 읽고 다중인격이라는 주제에 관심을 갖게 되었다. 두 가지 소재를 하나로 잇는 순간, 『13번째 인격』의 아이디어가 뇌리에서 번뜩였다.

『패러사이트 이브』를 읽고 나서는 충격으로 말을 할 수 없을 지경이었다. 하지만 이듬해에 『13번째 인격』이 제3회 일본호러소설대상 장편부문 가작을 수상했다. 그리고 가도카와 호러 문고에서 출간이 결정되었다. 이것이 작가로서 내 커리어의 출발점이라고 할 수 있겠다. 그야말로 버리는 신이 있으면 줍는 신도 있다는 말을 온몸으로 실감한 순간이었다.

『검은 집』의 탄생 비화

『13번째 인격』은 응모했던 원고 그대로 출간되지 않았다. 가작

수상이 결정된 뒤 편집자의 조언에 따라 추가로 손질을 거쳤다.

이것은 매우 신선한 경험이었다. "여기를 바꿔보면 어떨까?"라든지 "이 장면은 필요 없다"는 식의 객관적인 조언이 처음에는 당황스러웠다. 개중에는 내심 찬성하기 힘든 제안도 있었다. 하지만 그런 마음을 누른 채 수정을 거치자 작품이 눈에 띄게 좋아졌다. 역시 프로 편집자는 다르다며 마음속으로 감탄했다.

원고를 수정하는 도중 편집자가 뜻밖의 제안을 했다. 일본호러소설대상에 다시 한 번 도전해 보면 어떻겠냐는 것이었다. 이미 데뷔는 결정된 상태지만, 막 시작하는 작가의 커리어를 생각하면 가작보다 대상이 주목을 받는 건 당연한 일이었다. 내 실력으로 볼 때 충분히 대상을 탈 수 있을 거라고 했다.

가작이 아닌 대상 수상자로 세상에 나가는 게 좋겠다는 의견은 프로 작가가 되기 전의 나로서도 충분히 이해가 되었다. 하지만 대상을 받는다는 보장도, 자신도 없었다. 겨우 가작을 수상해 프로 작가가 될 수 있는 등용문을 막 통과하려는 참인데, 다시 응모했다 예선에서 떨어지기라도 한다면……. 상상만으로도 끔찍했다. 자칫하면 작가 인생의 문이 닫혀 버리지 않을까 하는 불안감이 들었다. 가장 큰 문제는 마감까지 석 달밖에 남지 않았다는 점이다. 글을 빨리 쓰는 편이 아닌 만큼 대단히 어려운 상황이었다.

한참을 망설이던 나는 결국 일본호러소설대상에 다시 한 번 도전하기로 결심했다. 하지만 취재나 사전조사에 시간을 투자할 여유가 없었다. 현재 내가 가진 정보와 소재로 호러 장편소설 한 편을 완성해야 했다.

내가 지금까지 살면서 가장 크게 느낀 공포는 무엇이었을까? 그때 맨 먼저 떠오른 게 생명보험회사에 근무하던 시절의 경험이었다.

생명보험회사에서의 경험은 호러 작품 소재의 보물창고로, 지금도 당시의 체험에서 비롯된 아이디어가 노트에 여러 개 적혀 있다. 대부분은 생명보험 사기를 소재로 한 미스터리를 쓰기 위한 것들이지만, 그 당시 무서운 일들을 수없이 겪은 덕분에 얼마든지 호러로 바꿀 수 있었다.

일본호러소설대상 재도전을 결심한 뒤 최초의 장애물은 나의 경험을 호러 소설의 플롯에 집어넣는 일이었다. 그때 머리에 떠오른 것이 매일 회사로 찾아오던 어느 고객이었다.

호러에는 공포를 동반한 클라이맥스가 필요하다. 그런데 생명보험업계의 공포는 인간에 대한 공포 자체였다. 그 부분이 클로즈업되도록 전개한다면 오직 나만 가능한 호러 소설을 쓸 수 있다고 판단했다. 나는 그런 생각들 속에서 플롯을 구성하기 시작했다.

이때 가장 신경쓴 부분은 일반인들에게 친숙한 듯하면서도 낯선 생명보험업계의 이면을 얼마나 이해하기 쉽게 묘사하느냐였다. 최대한 자연스럽게 독자를 이쪽 세계로 이끌어 몰입하게 만들어야 했다.

그러기 위해 나는 경험한 내용들을 가급적 사실적으로 서술했다. 산더미 같은 서류에 파묻힌 일상이 디테일하게 묘사되다가, 한 고객의 등장으로 갑자기 모든 것이 비일상으로 바뀐다……. 내가 표현하고자 했던 건 바로 그런 공포였다.

지긋지긋하게 겪었던 일들이 밑바닥에 깔려 있어서인지 집필은 순조로웠다. 이런 과정 끝에 탄생한 『검은 집』이 기대한 대로 대상을 수상했고, 마침내 세상에 선을 보이게 되었다.

| 직 | 장 | 은 | | 다 | 양 | 한 | | 소 | 재 | 가 | | 존 | 재 | 하 | 는 | | |
| 최 | 고 | 의 | | 정 | 보 | 원 | | | | | | | | | | | |

당시의 심사위원 평이나 독자들의 감상을 살펴보면, 인간이 얼마나 무서운 존재인지를 세심하게 그려낸 동시에 그때까지 알려지지 않았던 생명보험업계를 다룬 점이 관심을 이끌어낸 것 같다.

실제로 미스터리 분야의 등용문인 '에도가와 란포상'에서는 '다른 사람이 모르는 업계의 정보를 담아야 한다'는 점이 필승

법처럼 전해지던 시기가 있었다. 정보소설이라는 장르가 존재하지만, 픽션이라도 일반인이 잘 모르는 세계를 생생하게 묘사하면 그것만으로 하나의 엔터테인먼트가 될 수 있다.

그런 점에서 모든 직업은 일반인에게 잘 알려지지 않은 특별한 정보의 보고라고 할 수 있겠다.

한 가지 예를 들면, 생명보험업계에는 '사인(死因) 코드'라는 게 있다. 사망보험금을 신청할 때 사내 서류에 사인을 적는 부분이 있고, 각각의 코드를 적는다. 그런데 신입사원 시절 나는 코드 일람표를 보고 깜짝 놀랐다.

생명보험회사에서는 병이나 사고, 자살 등 모든 사인을 상정한다. 그런데 원자력사고나 우주선사고, 나아가 핵전쟁까지 코드가 할당되어 있었다. 현실세계에서 이런 단어를 만나다니, 나로서는 매우 신선한 체험이었다.

어느 업계든 그 세계가 아니면 알 수 없는 규칙과 약속이 있다. 기본적으로 현장에 있지 않으면 모르는 것들이므로, 일반인에게는 신기하고 낯선 정보라고 할 수 있다. 하지만 정보라고 생각해 너무 자세히 설명하는 건 곤란하다.

어쨌든 다른 사람이 모르는 전문분야가 있다는 건 소설가의 큰 장점이다. 작품에 '자신만의 특징'을 부여하는 가장 빠른 방법이라고 할 수 있겠다.

따라서 엔터테인먼트 작가가 되고 싶다면 반드시 사회와의 접점을 가져야 한다. 이 책을 읽는 분들 중에는 특정한 분야에서 일하며 소설을 쓰는 경우가 있을 것이다. 직장은 최고의 정보원이라는 사실을 머릿속에 꼭 넣어두기 바란다.

아직 학생이라면 아르바이트생의 시선으로 작품을 써볼 수 있겠다. 일터에 드나드는 수많은 사람들을 관찰하며 멋진 캐릭터를 만들면 어떨까?

사실 『13번째 인격』이 일본호러소설대상 가작에 선정되었다는 전화를 받을 무렵 나의 저축액은 바닥을 치고 있었다. 그래서 '어차피 일할 바에야 독특한 사람들을 관찰할 수 있는 분야가 좋겠다'고 생각해 경비원일을 알아보던 참이었다.

평소 무심히 넘기기 쉽지만, 우리의 일터 주변에는 많은 소재들이 포진해 있다. 그처럼 소중한 보물을 방치해서는 안 된다. 자신의 주변에서 정보를 잘 수집하기 바란다. 그것이 독창적인 아이디어를 얻는 첫걸음이다.

대학을 졸업하자마자 전업작가가 되기도 한다. 하지만 필연적인 이유가 없다면 사회에 나가 일해보기를 권하고 싶다. 조직이 어떻게 굴러가는지, 이 사회가 얼마나 부조리한지를 생생하게 표현할 수 있는 건 역시 경험자의 특권이다. 직장은 곧 인간사회의 축소판에 해당하므로 작품을 쓰는 데 큰 도움이 될 것이다.

지금부터는 그런 정보나 아이디어를 구체적인 스토리로 만들어나가는 과정에 대해 이야기해 보자.

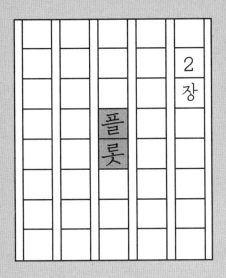

2장

플룻

| 처 | 음 | 부 | 터 | | 결 | 말 | 을 | | 정 | 하 | 고 | | | | | |
| 서 | 두 | 와 | | 클 | 라 | 이 | 맥 | 스 | 를 | | 고 | 민 | 한 | 다 | | |

아이디어를 갈고닦아 이미지가 충분히 확대되면 구체적인 플롯을 만들어야 한다. 플롯이란 스토리의 뼈대를 보여주는 설계도 같은 것이다.

앞에서 소개한 것처럼 노트에 적혀 있는 아이디어가 "만약 ○○이 XX라면?"의 한 줄일 경우, "그러면 상황이 어떻게 될까?" "그렇게 만들려면 어떤 조건이 필요한가?" 하는 식으로 생각을 발전시킨다.

한 줄의 아이디어에 조금씩 살을 붙여 대략적인 줄거리를 완성하고, 여기에 디테일이나 스토리의 기승전결을 만들어 팽창시키는 기법을 점화식(漸化式)이라고 한다.

물론 플롯 단계에서 무엇을 얼마나 자세히 만들어 두느냐는 작가마다 다르다. 200자 원고지 한 장에 대강의 흐름만 정리한 후 본편을 쓰는 사람도 있다. 그에 비해 진행이나 설정을 자세히 적은 일람표를 만드는 사람도 있다.

어느 쪽이 더 좋다고 확정적으로 말하기는 어렵다. 어쨌든 미스터리를 쓸 때는 최소한 메인 트릭을 미리 준비해야 하고, SF의 경우에는 SF 설정을, 호러의 경우에는 공포의 대상을 명확히 해두어야 다음 단계로 넘어갈 수 있다.

내가 플롯의 초기단계에서 가장 중요하게 여기는 부분은 결말이다. 최종적으로 이야기를 어떻게 안착시킬지 명확한 종착점을 처음부터 설정해 둔다.

결말이 정해진 후 이야기의 서두 부분과 하이라이트인 클라이맥스만 굳어지면 이야기의 골격이 거의 완성된다. 이 세 가지는 건축에서 기초공사라고 할 수 있다. 이것만 제대로 만들면 도중에 스토리가 조금 흔들려도 종착점을 잃어버리는 일은 생기지 않는다. 중심축이 굳건하게 유지되는 것이다.

이제 세 가지가 자아내는 이야기의 골격에 살을 붙여나간다.

무대는 어디가 어울리는가?

주인공은 어떤 사람인가?

어떤 조연이 필요한가?

스토리에 필연적인 부분을 계속 추가하는 과정이다. 무대 설정이나 캐릭터 조형에 관해서는 나중에 설명할 텐데, 이 단계에서 이야기의 이미지를 최대한 구체적으로 만들어야 한다.

플롯 단계에서 결말을 먼저 정하는 게 대전제라고 말했지만, 나에게도 예외는 있었다. 대강의 스토리는 정해졌으나 마지막 순간까지 결말을 고민한 작품이 있다. 바로 『푸른 불꽃』이다.

남자 고등학생이 죄를 저지르는 과정을 담고 있는데, 범인의 관점에서 범죄를 그리는 도서소설(倒叙小說)이다. 즉, 결말을 먼저 보여줌으로써 미스터리지만 수수께끼를 풀어가는 과정이 없다. 범인의 심리나 상황을 긴장감 넘치게 묘사할 수 있다는 점이 도서소설의 장점이라고 하겠다. 마지막에 범인이 응분의 대가를 받으며 막을 내리는 게 정통적인 패턴이다.

하지만 『푸른 불꽃』의 경우 주인공이 고등학생인 만큼 청춘 소설 측면이 강해 그런 결말이 정답으로 여겨지지 않았다. 결말을 확실히 그리지 않고 독자의 상상에 맡기는 방법도 있지만, 이야기의 착지점을 통째로 내던지는 것 같아 내키지 않았다. 결국 결론을 내리지 못한 채 글을 써나가기 시작했다. 『푸른 불꽃』에서 내가 어떤 결말을 택했는지 꼭 한 번 읽어보시기를 바란다.

『악의 교전』을 본 독자들이 종종 "속편이 나오나요?" 하고 묻는다. 주인공이자 범인이기도 한 고등학교 교사 하스미 세이지가 마지막에 의미심장한 말을 하기 때문이다.

하지만 그 말은 속편을 암시하는 것이 아니다. 그 세계관에서 이야기가 아직 끝나지 않았음을 보여주기 위한 장치였다. 나는 그의 대사를 통해 작품은 끝나도 그들의 세계는 계속되고 있음을 보여주고 싶었다.

무슨 일이 계속 일어날 것처럼 여운을 남기는 기법은 외국영화에서 흔히 사용된다. 이야기를 더 확대시킬 수 있는데, 마지막 장면을 어떻게 처리하느냐에 따라 이런 효과가 생겨난다는 사실을 기억하자.

나는 비록 매번 실천하지는 못하지만, 엔터테인먼트 작품에서 해피엔드가 중요하다고 느끼는 일이 종종 있다. 오랜 시간 손에 땀을 쥐고 읽었는데, 마지막에 가슴이 무너져 내리는 절망적인 장면이 기다리고 있다고 하자. 작품의 완성도는 둘째 치고 좋은 평을 얻기란 쉽지 않다. 외국의 호러 영화 가운데 마무리할 시간을 생략한 듯한 불행한 결말로 끝나는 경우가 종종 있다. 독자가 그런 느낌을 갖는다면 역시 좋은 작품이라고 할 수 없다.

물론 모든 등장인물이 행복해질 필요는 없다. 때로 언해피엔드가 아니면 마무리하기 어려운 경우도 있다. 다만 그럴 때는 독자를 이해시켜야 한다. 엔터테인먼트 소설이 작가의 자기만족으로 끝나서는 안 되기 때문이다.

스	토	리	에		필	요	한									
몇		가	지		엔	진										

엔터테인먼트 소설을 쓰는 이상 작가는 독자를 즐겁게 할 의무가 있다. 따라서 독자가 지루하지 않도록 연구에 연구를 거듭해야 한다. 그러기 위해서는 점화식으로 플롯을 성장시켜 나가는 과정에서 스토리에 어떤 기복을 만들어낼지 구체적으로 생각하는 것이 좋다.

할리우드 영화계에는 "5분에 한 번 절정을 만든다"는 이론이 존재한다. 잇달아 사건을 만들면 일단 시간은 때울 수 있다.

그런데 단지 시간을 때우기 위해 사람들이 계속 죽어나가는 미스터리가 독자에게 재미를 안겨줄까? 그렇지 않다. 스토리에서 필연성을 찾아보기 어려운 상태로 사건이 이어지며 절정으로 치달아봐야 의미가 없다.

중요한 건 절정의 숫자가 아니라 절정까지 가는 과정이다. 어떻게든 클라이맥스로 연결하기 위해 등장인물이 상황을 장황하게 설명한다면 독자는 따분함을 느낄 수밖에 없다.

엔터테인먼트에는 추진력을 가진 엔진이 필요하다. 본격 미스터리라면 "왜지?"라고 생각하게 만드는 장치고, 호러라면 "어떻게 될까?" 하고 생각하게 만드는 연출이다. 그것이 독자에게 페이지를 넘기게 하는 원동력이다.

장편소설의 경우 그런 엔진이 몇 개 필요하다. 이야기 전체를 끌고나가는 커다란 엔진과 군데군데에서 작동하는 보조 부스터다.

마지막까지 바닥을 관통하는 커다란 수수께끼(커다란 엔진)는 반드시 필요하다. 하지만 그것만으로 충분하지 않다. 장편소설은 중간이 느슨해지기 쉽다. 따라서 작은 수수께끼를 적당히 배치해 독자의 관심을 유발해야 한다. 예상치 못한 문제를 만들거나 주요 인물의 출생 비밀에 다가가는 등, 전체적인 스토리를 유지하는 가운데 잠시 옆길로 새는 방법을 플롯 단계에서 반드시 염두에 두어야 한다.

그것들이 유기적으로 연결되었을 때 독자들에게서 "밥 먹는 것도 잊고 단숨에 읽었다"는 이야기를 들을 수 있다.

막 읽기 시작한 단계에서는 독자가 아직 제대로 작품에 빠지지 않았다. 따라서 가급적 빨리 흥미를 느끼도록 방법을 연구해야 한다. 서두에서 소설의 배경을 장황하게 설명하다가는 그 즉시 책을 내던질지도 모른다.

『신세계에서』를 쓸 때, 나도 그 점 때문에 고민을 거듭했다. 무대는 1천 년 후의 미래이고, 상하권 전부 상당히 분량이 많은 SF 작품이다. 일단 독특한 이야기의 무대를 설명해야 하는데, 어떻게 하면 독자들이 지겨워하지 않도록 전개하느냐가 큰 숙제였다.

이런 경우 사용할 수 있는 한 가지 방법은 이른 단계에서 '대립축'을 보여주는 것이다.

소설 작법에서는 모든 사물에 갈등(conflict)이 없어서는 안 된다고 옛날부터 가르쳐왔다. 사이좋은 젊은이들이 손에 손을 잡고 웃으며 이야기하는 소설은 엔터테인먼트로 성립하기 어렵다. 처음에 이해하기 쉽도록 사람 대 사람, 조직 대 개인, 문제 대 어려움에 처한 사람 등 대치상황을 만들면, 독자들의 의식에 관심의 밑바탕이 생겨난다.

한편, 플롯을 구성할 때 대립구조를 명확히 해두면 흔들리지 않고 스토리를 전개할 수 있다.

야마모토 슈고로(山本周五郎, 주로 역사소설을 쓰는 일본 작가)가 쓴 『다섯 잎의 동백』이란 작품이 있다. 슈고로의 저작물 가운데 보기 드문 서스펜스 터치의 엔터테인먼트다.

주인공은 장사꾼의 딸로, 아버지가 병석에 누운 것을 핑계로 끊임없이 바람을 피우는 어머니에게 분노를 품고 있다. 결국 아버지는 숨을 거두고, 주인공은 어머니와 상대 남자들에게 복수를 맹세한다.

설정 자체는 비교적 단순해, 이케나미 쇼타로(池波正太郎)의 역사소설 『필살 암살자』의 이미지와 가까운 측면이 있다. 다소 약삭빠른 부분이 눈에 띄지만, 그래도 사람들이 좋아하는 이유는 대립축이 명확한 것과 관계가 있을 것이다.

내 작풍과는 정반대의 작가이나, 엔터테인먼트를 철저히 탐구하면 이렇게 수준 높은 서스펜스가 태어나는구나 하고 감탄한 적이 있다.

반	전	은											
위	험	한		유	혹								

미스터리에서 반전 기법을 동경하는 사람이 적지 않을 것이다. 마지막 한 줄에서 모든 게 뒤집어지는 작품도 드물지 않다. 작가의 의도대로 결말이 완성되면 독자는 "당했다!"면서 즐거운 비명을 지르게 된다. 그것은 작가 입장에서 더할 나위 없이 행복한 리액션이라고 할 수 있다.

단, 이것은 스모로 말하면 소토무소(外無双. 양쪽이 서로 상대의 샅바를 잡는 척하며 손을 상대의 무릎 바깥쪽에 대서 비틀어 쓰러뜨리는 난이도 높은 기술) 같은 진기한 기술이다. 제대로 먹히지 않으면 엄청난 실패를 경험하게 된다.

마지막 한 줄의 반전을 노리는 건 이미 전례가 많은 기법이다. 상당히 참신하고 치밀한 내용이 아닌 이상 쉽게 손을 내밀어서는 안 된다.

묘사를 이용해 독자를 속이는 서술트릭 역시 마찬가지다.

"○○역에서 ××역으로 향했다"는 내용이 있을 경우 독자는 당연히 전철을 이용했다고 여길 것이다. 그런데 나중에 "실은 자전거로 갔다"고 한다면, 이는 독자의 신뢰를 악용한 것이나 마찬가지다. 독자들에게서 독서의 즐거움을 빼앗는 일은 큰 문제가 아닐 수 없다.

이는 반전이나 서술트릭을 써서는 안 된다고 말하는 것이 아니다. 다만 초심자 시절에는 네거티브를 포지티브로 뒤집는 기발한 방책을 강구하기보다, 이야기를 전개하는 도중 자연스러운 서프라이즈를 만드는 편이 현실적인 방법 아닐까? 어떤 분야든 마찬가지지만, 큰 기술은 기본적 기량이 갖추어진 사람 아니면 성공하기 어렵다.

한편, 초반에 설정한 복선을 마지막 부분에서 잇달아 회수하는 방식은 매우 흥미진진하다. 미스터리 작가를 희망하는 사람이라면 꼭 한 번 도전해 보고 싶어하는 기법 가운데 하나다.

이런 유형의 작품은 플롯을 치밀하게 구성해야 한다고 생각해 겁을 먹기도 한다. 하지만 복선이라는 걸 너무 어렵게 여길 필요는 없다. 이야기의 결말과 그곳에 이르는 전개를 명확하게 이미지화하면 저절로 복선을 깔고 싶어지는 법이다.

가령 의외의 진실(결말)과 관련된 곳으로 주인공이 향하는 장면이 있으면 조금이라도 냄새를 피우고 싶어진다. 그런데 초반으로 돌아가 그런 복선을 추가해야 한다면 구성이 탄탄하지 못하다는 증거다. 오히려 초반부에 진실을 다양하게 암시한 후 퇴고 단계에서 조금 줄이는 편이 좋다.

소설 세계에서 작가는 '신의 관점'을 가지며 마지막까지 모든 걸 내다보는 유일한 존재다. 도입부에서 그 특권을 마음껏 누린다는 생각으로 임하면 복선을 적절하게 배치할 수 있을 것이다.

판	단	기	준	은		오	직		한		가	지	,			
재	미	가		있	느	냐		없	느	냐						

구체적인 설정을 하나씩 정하다 보면 스토리는 식물처럼 점점 성장해 나간다. 처음에 하나의 줄기(서두·클라이맥스·결말의 3종 세트)가 만들어지면, 그곳에서 가지가 뻗어나가 필요에 따라 꽃(보조 부스터로 작용하는 고비)을 피우는 것이다.

이야기를 어떻게 설계하느냐는 작가의 자유이고, 무대에 대해서도 무한한 선택지가 존재한다. 하지만 이야기를 구성하는 요소들이 구체화되면 선택지는 자연히 줄어든다.

이를테면 주인공의 성별이나 나이가 정해지면 그 인물을 살리기 위한 무대 이미지도 어느 정도 한정된다. 주인공이 10대 소녀라면 특수한 사정이 없는 한 학교에 다닐 테고, 고등학교나 중학교라는 무대가 설정될 것이다.

그런 다음에는 반 친구가 될 조연들의 이미지를 결정해야 한다. 주인공이 다니는 학교의 선생님은 어떤 사람인가? 동아리 활동이나 아르바이트는 하고 있는가? 평소 어떤 친구들과 어울리는가?

학급에서 그 여학생의 역할을 고려하면 성격 또한 조금씩 드러난다. 주변을 밝게 만드는 분위기메이커인가? 아니면 지나친 정의감 때문에 다들 어려워하는 존재인가?

이런 식으로 디테일한 부분을 채워가는 작업은 창작의 묘미에 해당하는 즐거운 일이다. 하지만 너무나 자유로워 좀처럼 결정하지 못하는 경우도 있다. 어쨌든 정답이 무엇인지는 아무도 모른다.

이때의 판단기준은 오직 한 가지, "재미가 있느냐 없느냐"이다.

주인공이 여성일 경우 이야기를 끌어갈 때 더 활기가 넘치지 않을까? 현대극보다 시대극으로 꾸밀 때 스토리가 더 빛나 보이지 않을까?

본인이 생각할 수 있는 모든 선택지 안에서 조금이라도 더 재미있는 방향을 찾아보기 바란다. 플롯 만들기는 '재미'의 광맥을 찾아내는 다우징이라고 할 수 있다.

"이런 게 재미있을 것 같다"는 생각에 살을 붙여보았지만, 결국 막다른 골목에 이르러 사방이 막혀 버렸다……. 이런 경험은 나뿐만 아니라 작가라면 누구나 있을 것이다. 그럴 경우 적당한 포인트까지 돌아가 새로운 방향을 모색해야 한다. 포기하지 않고 계속 고민하다 보면, 막다른 골목처럼 보였던 곳에 작은 터널이 뚫려 있을 수도 있다.

바둑 소프트웨어의 수준이 어느 시기를 경계로 갑자기 몇 단계 올라간 이유는 몬테카를로법(우연현상에 대한 통계이용법. 몬테카를로의 카지노에서 행해지는 도박의 승패확률 계산에서 유래함)이 채택되었기 때문이다. 새로운 한 수를 선택할 때 모든 선택지에 대해 마지막까지 시뮬레이션하고 결과를 예측한 다음 결론을 내리는, 컴퓨터가 아니면 할 수 없는 방법이다. 소설을 쓸 때도 플롯 단계에서 시간과 수고를 아끼지 말고 여러 선택지에 대해 고민해야 한다.

스	토	리	에		적	합	한								
최	선	의		무	대	를		선	택	하	라				

무대에 따라 이야기 분위기가 완전히 달라진다. 도시를 선택

하느냐 시골을 선택하느냐에 따라 풍경이 달라지고, 국내냐 국외냐에 따라 독자가 떠올리는 배경이 달라진다. 작가 입장에서는 스토리나 캐릭터를 가장 효과적으로 표현할 수 있는 무대를 선택해야 한다.

『푸른 불꽃』을 쓸 때 나는 무대를 어느 도시로 정할지 상당히 고민했다. 처음부터 이번 작품의 무대는 하늘이 파랗고 쾌적하며 사방이 탁 트인 곳이면 좋겠다고 생각했다. 소재가 청소년 범죄인 만큼 독자의 마음을 먹먹하게 만드는 부분이 있었기 때문이다.

요코하마와 가마쿠라가 후보지로 떠올랐지만, 깊이 생각한 끝에 쇼난의 에노시마 일대로 무대를 결정했다. 취재도 할 겸 현지를 방문했는데, 기대에 부합하는 아름다운 풍경이 펼쳐졌다. 이번 작품의 무대로 더할 나위 없다고 판단한 나는, 이런 곳에서 고등학교 시절을 보낸 사람들이 진심으로 부러웠다.

무대 설정에 관한 질문을 가장 많이 받는 작품은 『다크 존』이다. 몬스터로 변한 인간이 장기의 말이 되어 장기의 규칙대로 싸우는 SF 소설인데, 작품의 무대로 군함도를 선택했다. 군함도의 정식 명칭은 하시마(端島)이며, 세계유산으로 정식 등재된 나가사키현에 있는 섬이다. 메이지 시대(1868~1912)부터 쇼와 시대(1926~1989)까지 해저탄광의 채굴장으로 번성했는데, 1974년 폐광되어 현재는 무인도로 변했다.

가장 번성했을 때는 도쿄보다 인구밀도가 높았으며, 섬 안에 주택과 학교, 가게처럼 생활에 필요한 편의시설이 완비되어 있었다고 한다. 그런 곳이 40년 넘게 방치되면서 폐허로 변하고 기이한 광경을 연출함으로써 『다크 존』의 무대로 안성맞춤이라고 생각했다.

그런데 사실 후보지역이 한 군데 더 있었다. 바로 히메지 성(姫路城)이다. 히메지 성의 구조는 복잡하기로 유명한데, 기이한 배틀의 무대로 사용하면 재미있지 않을까 생각했다.

폐허가 자아내는 황량한 풍경이 마음에 들어 최종적으로 군함도를 선택했지만, 히메지 성을 무대로 삼았다면 이야기가 전혀 다르게 전개되었으리라.

실재		지명을		사용하느냐,				
가공		지명을		사용하느냐				

소설의 무대를 결정할 때, 실재 지명을 사용하지 않고 가공 지명을 선택하는 방법도 있다. 하지만 나는 특별한 이유가 없는 한 실재 지명을 사용한다. 나 스스로 풍경을 떠올리기 쉬울 뿐만 아니라 독자들 역시 이야기에 빠져들기 쉽기 때문이다.

그런 의미에서 『다크 존』 같은 SF의 경우, 실재 장소를 사용해야 하는 필연성이 없을지도 모른다. 하지만 줄거리가 워낙 기이했기 때문에, 무대 정도는 실존하는 지명을 사용해 현실과 비현실의 균형을 맞추고 싶었다. 캄캄한 공간에 장기판을 깔고 싸우게 해서는 독자의 공감을 얻기 어렵다고 생각했다.

한편, 『검은 집』의 무대는 교토다. 회사원일 때 근무했던 지역이라는 점이 교토를 선택한 가장 큰 이유지만, 널리 알려진 곳이라서 이미지를 공유하기 쉽다는 이점도 있었다. 거기다 '가타비라노쓰지'라는 이름은 창작에서는 생각할 수 없는 지명으로, 임팩트 측면에서 더할 나위 없었다.

나는 작품 속에서 다음과 같이 묘사했다.

한 량밖에 안 되는 낡은 전철이 넓은 길에서 좁은 골목길로 파고들어, 일반주택의 처마 끝이나 울타리를 스치듯 달려갔다. 목적지에 다가갈수록 신지는 왠지 안정이 되지 않아 다리를 덜덜 떨었다.

산조구치, 야마노우치, 가이코노야시로……. 너무나도 한가로운 교토다운 역 이름이 계속 이어졌다. 영화마을로 유명한 우즈마사를 지나자 기타노 선과 분기점을 이루고 있는 '가타비라노쓰지'라는 역에 도착했다. 안내방송을 통해 그 역의 이름을 들었을 때, 그는 갑자기 가슴이 쿵쾅거리는 불길한 예감에 휩싸였다.

왜일까. 역 이름의 표지판을 보면서 '가타비라(삼베로 만든 얇은 옷)'라는 말에서 죽은 자에게 입히는 수의를 떠올렸음을 깨달았다. 천장의 나뭇결이 유령처럼 보이는 것과 마찬가지로 마음이 불안정할 때 흔히 일어나는 현상이다. —『검은 집』 중에서

한편, 『악의 교전』에 사용된 무대는 도쿄의 마치다 시다. 구상 단계에서 "이 스토리를 전개한다면 여기밖에 없다"고 일찌감치 정해놓았다. 학교를 무대로 한 연쇄살인범 이야기니, 마치다 시민들은 기분이 나쁠 수도 있겠다.

실재 지명과 가공 지명을 섞어 사용하는 것도 한 가지 방법이다. 『천사의 속삭임』에는 아마존 강의 지류를 따라가는 장면이 나오는데, 그때 등장하는 지명은 모두 실재한다. 하지만 메인 무대가 되는 지류에는 가공의 이름을 사용했다.

우리는 선외기가 붙은 두 척의 고무보트에 나누어 타고 술리몽스 강의 원류 가운데 하나인 미라글 강을 거슬러 올라갔습니다. 니나가와 교수가 카미나와 족으로부터 미라글 강 상류에 고대 문명의 흔적 같은 것이 있다는 말을 들었기 때문입니다.

(중략)

아마존에는 본류 외에도 작은 강(작다고는 하지만 일본의 도네 강이나 시나노 강 정도의 강은 여기서 흔히 볼 수 있지요)이 무수히 모여 있습니다. 그물망

처럼 촘촘히 둘러싼 원류와 지류는 물색에 따라 '하얀 강' '검은 강' '녹색 강'의 세 종류로 나누어집니다.

미라글 강과 하류의 술리몽스 강은 전형적인 '하얀 강'으로, 실제로는 황하 같은 황갈색의 탁류입니다. '하얀 강'은 '비옥한 강(리오스 파르투스)'이라고도 하는데, 중성 또는 약알칼리성으로 영양염류를 풍부하게 함유하고 있습니다. 이 때문에 물고기도 많고 다양한 생물들이 살고 있습니다. _「천사의 속삭임」 중에서

위 부분에서 술리몽스 강은 실제로 존재하지만 미라글 강은 가공의 지명이다.

이것은 자주 사용되는 방법이다. 실제로는 '3번가'까지만 있지만 일부러 '4번가'를 만들어 처참한 사건의 무대로 만드는 미스터리를 흔히 볼 수 있다. 현실과 접점을 갖게 함으로써 리얼리티를 살리는 것이다.

얼마 전 무라카미 하루키(村上春樹)의 단편집 『여자 없는 남자들』의 무대가 되었던 홋카이도 나카톤베쓰의 초(町)의회에서 하루키에게 항의하는 사건이 발생했다. 그곳 주민들이 당연한 듯 담배를 함부로 버린다는 묘사 때문이었다. 매스컴까지 나서 찬반양론이 펼쳐지는 바람에 결국 작품 속 지명은 수정되었다. 실재 지명을 사용하면 이런 문제가 생길 수도 있음을 보여준 극단적인 사례라고 할 수 있겠다.

이런 경우 오히려 해당 지역 홍보에 이용하는 식으로 성숙하게 대응하면 어땠을까 하는 아쉬움이 남는다. 하지만 그러한 사실에 불쾌감을 느끼는 대상이 존재하는 것 또한 엄연한 현실이다. 프로 작가가 되어 세상에 작품을 선보이려면 이런 문제가 있을 수도 있다는 점을 염두에 두어야 한다.

『신세계에서』의 무대가 1천 년 후 일본인 이유

무대를 구축할 때는 지명뿐만 아니라 시대도 설정해야 한다. 한눈에 현대물임을 알 수 있는 경우는 연도를 사용하지 않기도 한다. 하지만 SF나 판타지, 시대물인 경우에는 어느 정도 명확하게 밝혀야 하다. 『신세계에서』의 무대는 1천 년 후의 일본인데, 여기에는 이유가 있었다.

전제부터 말하자면, 이 작품은 생물의 공격억제에 대한 관심에서 시작되었다. 만약 인간이 호랑이나 사자처럼 맨몸으로 타인을 죽일 수 있는 공격력을 가진다면 그 사회는 어떻게 될까?

나는 '고도의 공격력'을 초능력으로 설정하고, 각 개인이 특수한 능력을 보유하는 세계를 만들었다. 그렇다면 왜 과거나 현재가 아니라 미래로 설정했는가? 또한 100년 후, 200년 후가 아니라 왜 1천 년 후였는가?

이 작품에서 묘사한 1천 년 후의 일본은 미래지향적인 대도시가 아니라 나무와 숲으로 뒤덮인 미개한 곳이다. 오히려 고대일본에 가까운데, 사람들은 자연 속에 띄엄띄엄 형성되어 있는 마을에 거주한다.

이런 배경을 떠올리며, 한편으로는 이미 유물이 된 옛날 건축물을 등장시키고 싶었다. 그런 경우 독자와 친숙한 건축물이 가장 이상적이고, 지금 존재하는 건물이 폐허나 잔해로 등장하면 재미있지 않을까 생각했다.

현대의 유물을 엿볼 수 있는 세계를 그리기 위해서는 황폐해진 미래사회를 한 번쯤 그리는 게 최선이었다. 더구나 현재의 건물이 유물이 될 만한 미래가 되려면 적어도 1천 년 후가 적절하다고 생각했다.

그런 설정을 바탕으로 나는 다음과 같이 묘사했다.

목조건물 중에는 천 년의 눈비에도 견디는 것이 적지 않다고 하는데, 그보다 훨씬 나아야 할 콘크리트 건조물이 100년도 안 돼 무너진다는 건 역사의 아이러니가 아닐 수 없다.

중앙합동청사 제8호관 중 지하 대부분과 지상 2층까지가 원형 그대로 남아 있는 데에는 몇 가지 요인이 있었다.

첫째, 세금을 물처럼 써서 사들인 하이테크 콘크리트 덕분에 철골이나 철근이 썩은 뒤에도 건물의 형태를 유지할 수 있었던 것.

둘째, 빌딩의 지하 및 기초부분이 지하수가 용출한 지하 하천에 매몰된 것.

셋째, 붕괴한 다른 빌딩의 콘크리트로 지상 부분이 뒤덮인 것.

때문에 전쟁과 파괴가 끝난 후 지상에 남은 산처럼 쌓인 기와더미가 용해하여 석회분이 카르스트 대지로 변해 이 건물을 보호한 것이다. ___『신세계에서(하)』 중에서

구상 단계에서 나는 기묘한 생물을 그려보고 싶었다. 그러기 위해서는 생물이 진화할 시간이 필요했다. 작품에 나오는 요괴쥐 같은 종이 등장하려면 적어도 수만 년의 시간이 있어야 한다.

하지만 그래서는 현대의 유물을 등장시킬 수 없었다. 따라서 초능력의 영향으로 진화가 빨라졌고, 그것들이 양립하는 한계가 1천 년 후라고 가정했다.

여기서 내가 하고 싶은 말은, 쓰고 싶은 이야기만 명확하다면 그것에서 역산해 만들어갈 수 있는 부분이 많다는 점이다. 필연성에 따라 디테일을 결정해 나가면 이야기의 무대가 한층 안정적이 될 것이다.

이	야	기		주	제	를		지	나	치	게					
의	식	하	지		마	라										

소설 작법에 관한 책들에서는 소설에 반드시 주제가 필요하다고 이야기한다. 주제란 작품 전체를 통해 작가가 독자에게 전하고 싶은 테마다. 하지만 이건 상당히 어려운 일이다.

나는 엔터테인먼트 소설을 쓸 때, 특별히 주제를 의식할 필요가 없다고 생각한다. 한 가지 이야기를 심사숙고해 써나가다 보면 주제는 저절로 표현되기 때문이다.

내가 쓴 『검은 집』의 경우, 주제를 명확하게 설정하지 않은 상태에서 회사원 시절의 경험을 호러로 구성했을 뿐이다. 그런데 결과적으로 현실사회에서 윤리가 얼마나 무너졌는지를 언급하는 묘사가 많아졌다. 사회파 소설을 흉내낼 생각은 눈곱만큼도 없었다. 하지만 한 가지 소재를 깊이 파내려가자 저절로 주제가 선명해졌다.

한편 『신세계에서』는 앞에서 말했듯이 인간 내면의 공격성에서 아이디어를 얻었기에, 그런 공격성을 어떻게 제어해야 하는지를 처음부터 주제로 내포하고 있었다.

동물의 공격억제 본능은 내가 대학시절부터 관심을 갖던 주제다. 인간에겐 날카로운 이빨이나 발톱이 없으므로, 맨몸으로 비교하면 야생동물보다 공격력이 훨씬 약하다. 따라서 무기를 사용해 살상에 나선다.

반면에 공격력이 출중한 호랑이나 사자는 인간만큼 서로를 살상하지 않는다. 빼어난 공격력에 걸맞은 공격억제 성향을 지녔기 때문이다.

동물이 본래 자기가 지닌 공격력에 걸맞은 공격억제력을 갖는다면, 종의 본질에서 벗어난 공격력을 갖게 된 인간이 서로를 살상하는 건 어쩔 수 없는 일인지도 모른다.

그런 주제를 "만약 ○○이 XX라면?"에 대입해 더 깊이 파내려갔다. 그랬더니 인간이 원래부터 맨몸에 뛰어난 공격력을 가진다면 어떻게 될까 하는 생각에 이르렀다. 극단적으로 각 개인이 핵미사일 버튼을 손에 쥐고 있는 것이나 마찬가지의 상황이라면 과연 어떤 사회가 될까? 이것은 주제를 먼저 정하고 플롯을 확대해 나간 사례라고 할 수 있다.

처음부터 주제를 정한 『신세계에서』 같은 경우도 있고, 나중에 자연스레 주제가 잡힌 『검은 집』 같은 경우도 있다. 주제를 너무 어렵게 생각할 필요는 없다. 주제 없이 시작하더라도 쓰다 보면 적절한 주제가 따라온다.

신인상 응모작품 중에는 "이런 사회상황을 고발하고 싶다"는 식의 작품이 간혹 보인다. 그런 작품일수록 캐릭터에게 일장연설을 시키는 경향이 있다. 그러면 읽는 사람 입장에서 맥이 쭉 빠지게 마련이다. 이는 엔터테인먼트로써의 큰 단점이 아닐 수 없다.

가장 좋은 경우는, 글을 읽어감에 따라 이야기에 내포된 주제가 독자의 머릿속으로 자연스럽게 들어가는 작품이다. 그것이 작가가 가장 쓰고 싶었던 이야기 아닐까?

소설의 소재에 금기는 없는가

처음 만난 사람과 대화를 나눌 때 정치와 종교, 프로야구를 주제로 삼는 건 피해야 한다는 말이 있다. 사람마다 처지나 견해가 다르고 주장도 달라서 다툼의 원인이 되기 때문이다. 최근에는 원전사고에 대한 논의도 여기에 해당된다.

그와 마찬가지로, 소설에서도 가급적 언급하지 말아야 할 소재가 있는 건 아닌지 고민하는 사람이 있을 것이다. 아무리 픽션이라도 의견이 갈리기 쉬운 주제를 다루면 일부 독자가 강하게 반발하지 않을까 하는 우려는 충분히 가능하다.

하지만 나는 소설에 금기는 없다고 생각한다. TV 토크 프로그램을 보면 일부러 상대에게 무례한 말을 함으로써 분위기를 과

열시키려는 사람이 있다. 그와 마찬가지로 목적이 명확한 사회파 소설이라면, 작품 안에서 '탈원전'을 소리 높여 외치거나 원자력 발전 추진파를 주인공으로 삼아도 좋을 것이다.

물론 그렇다고 특정한 개인을 공격하거나 소수자를 차별하는 표현이 허용된다는 의미는 아니다. 어디까지나 상식의 범위여야 한다는 전제가 필요하다. 하지만 결과적으로 재미있는 엔터테인먼트를 제공할 수 있다면 작가는 소재의 금기를 두려워해서는 안 된다.

그보다 큰 문제는, 아마추어 탐정이면서 이상하리만큼 수사를 척척 진행하거나 사건의 열쇠를 쥔 목격자가 정확한 타이밍에 나타나는 일 아닐까?

제	목	은															
어	떻	게		붙	일	까											

당연한 일이지만 소설에는 반드시 제목이 있다. 제목은 매우 중요하고, 베스트셀러가 되는 데도 한몫한다. 나 역시 등장인물의 이름 이상으로 매번 머리를 껴안고 고민하는 문제다.

신인상을 심사할 때도 제목에서 오는 첫인상은 중요하다. 따라서 적당히 처리해서는 안 된다. 나는 플롯을 짜는 단계에서 일단 임시 제목을 붙인다. 이건 의외로 중요한 부분이다. 임시더라도 초기 단계에 적절한 제목이 붙으면 기분 좋게 글을 쓸수 있다.

『검은 집』의 경우, 최초의 제목은 『모럴 리스크의 여명』이었다. 돌이켜보면 스스로로 좋은 제목이라고 생각되지 않는다. 그 제목으로 세상에 나왔다면 지금처럼 많은 사람들의 사랑을 받을수 있었을까 하는 의문이 들기도 한다.

그런데 왜 발표 직전 제목을 바꾸었냐고? 당시 일본호러소설대상의 선고위원이었던 다카하시 가쓰히코(高橋克彦)의 조언을 받아들였기 때문이다. 그는 "이런 내용이라면 제목은 『검은집』밖에 없다. 검은 집에 대한 이야기니까"라고 콕 집어 말했다.

그 말을 들은 순간, 나와 편집자는 무릎을 탁 쳤다. 고민에 고민을 거듭한 나머지 간과했지만, 가장 단순한 것이 가장 좋은 답이었다.

글을 쓰는 작가 입장에서는 작품과 딱 어울리는 멋진 제목을 붙이고 싶다. 하지만 작품에 대한 애정이 깊은 나머지 외골수가 되기 쉽다. 고민이 많을 때는 좀더 시간을 두고 머릿속을 편안하게 만들어야 한다.

한편, 『악의 교전』은 비교적 일찍 제목이 정해졌다. 『자물쇠가 잠긴 방』은 폴 오스터(Paul Auster. 미국 작가)에 대한 오마주로 그의 작품에서 빌려온 것이다.

비교적 최근에 발표한 『말벌』이라는 중편 호러 소설이 있다. 이것도 마지막 순간까지 『雀蜂(작봉)』처럼 한자로 쓸지, 『スズメバチ』처럼 가타카나로 쓸지 고민했다.

최종적으로 한자를 선택한 건 글자에서 오는 딱딱한 이미지 때문이었다. 가타카나로 쓰면 큰 말벌의 모습을 순간적으로 떠올릴 수 있겠지만, 한자로 쓰는 게 플러스알파의 요소인 공포심을 더 유발시킨다고 생각했다. 이것은 지금도 마음에 드는 제목 가운데 하나다.

본	격		미	스	터	리		창	작	의							
독	특	한		이	론												

소설에는 장르가 있다. 멋진 아이디어가 생각나더라도, 그걸 잘 살려주는 장르를 선택해야 좋은 작품이 나온다.

그런데 최근의 엔터테인먼트 경향을 보면 장르를 가로지르는 작품이 여기저기서 나타나고 있다. 실제로 SF 요소를 지닌 미스터리나 연애 색체가 강한 미스터리는 헤아릴 수 없을 정도다.

소설은 이미 종합격투기에 가까운 분야로 변했다. 따라서 독자를 케이오(KO)시키기 위해서는 작가의 모든 아이디어를 투입해야 한다.

그런 면에서 볼 때, 한 장르를 고집해 전개를 제한하는 건 좋은 방법이 아니다. 화분에 맞추어 식물을 키우면 성장이 제한되듯, 필요 이상으로 장르에 얽매이면 작품 전체가 작아진다.

가장 이상적인 방법은 플롯이 성장해가는 방향에 맞추어 화분을 준비하는 것이다. 또한 미스터리로 생각하고 글을 시작했더라도 전개가 현실을 살짝 벗어났다고 느끼면 과감하게 SF로 바꾸는 자세가 필요하다.

물론 본격 미스터리는 다른 장르와 선이 그어진 특수한 분야라고 생각한다.

플롯을 만들 때도 본격 미스터리와 그 밖의 장르는 순서가 크게 다르다. "앞으로 어떻게 될까?"를 생각하는 게 일반적인 소설이고, "왜 이렇게 되었는가?"를 생각하는 게 본격 미스터리다. 『유리망치』와 『자물쇠가 잠긴 방』을 비롯해 방범탐정이 등장하는 에노모토 시리즈에서 나는 여러 유형의 밀실트릭을 사용했다. 아이디어의 근본은 모두 트릭으로, 트릭이 없으면 아무것도 진행할 수 없다. 따라서 플롯을 만들 때도 트릭에서 역산해, 그것이 성립하기 위한 환경이나 조건을 선택해야 하는 등 다른 장르와는 글쓰는 과정이 전혀 다르다.

본격 미스터리를 쓸 때의 최대 난관은 재미있는 트릭을 짜내는 것이다. 작가가 의도한 대로 아이디어가 금방 떠오르지 않기 때문이다. 그럴 때 나는 여러 트릭을 짜맞추는 방법을 주로 사용하는데, 이것이 뜻밖의 효과를 발휘하기도 한다. 플롯이 복잡해지는 어려움이 있지만, 몇 가지 트릭을 혼합해 사용하면 임팩트 있는 전개가 가능하다.

본격 미스터리의 경우, 트릭을 짜낸 다음에는 '별도의 검증 작업'이 기다린다. 밀실물이라면, 밀실에서 살인사건이 발생하고 그것을 탐정 역할이 조사해 살인방법이나 범인을 규명하는 게 정통 방식이다. 그런데 탐정이 알아낸 방법 외에도 밀실트릭이 가능할 경우 미스터리 자체가 성립하지 않는다. 따라서 가능성을 철저히 검증해 그것들을 차단하는 작업이 필요하다. 이것은 내가 방범탐정 에노모토 시리즈를 쓸 때마다 겪어야 하는 어려움 중 하나다.

본격 미스터리는 이런 식의 치밀한 검증이 중요한 장르다. 별도 검증이나 트릭의 실현성 검증을 소홀히 하면 치명적인 오류에 빠질 수 있다. 나 역시 원고 마감 직전에 메인 트릭에서 치명적 오류를 발견해 황급히 수정한 적이 몇 번 있다.

밀실트릭 계통의 어느 작품은 전문가를 몇 번씩이나 취재하고 충분히 준비해 연재를 시작했다. 그런데 첫 회가 나간 후 준비했던 트릭이 성립하지 않는다는 사실을 알아차렸다.

다행히 피해자가 아직 살아있는 초반에 발견했기에 트릭을 수정해 그대로 속행할 수 있었다. 연재가 중단될까 봐 죽을힘을 다해 방법을 찾았는데, 지금 생각해도 등에 식은땀이 흐른다.

그런 경험에 비춰보건대, 기술적인 오류는 깊이 고민하면 해결법을 찾을 수 있다. 단, 미봉책은 절대 금지다. 오류를 발견하면 그걸 역으로 이용하겠다는 식으로 발상을 확장해야 한다. 가령 밀실트릭에 오류가 있을 경우, 최종적으로 범인이 그걸 간과한 쪽으로 이용함으로써 범행이 드러나게 하는 것이다.

내용상 실수나 오류가 있더라도 반드시 해결법이 있다는 사실을 기억하고 포기해서는 안 된다. 물론 오류가 발생하지 않도록 플롯 단계에서 주의를 기울이는 게 가장 좋은 방법이기도 하다.

| 원 | 고 | 지 | | 1 | 2 | 0 | 장 | 에 | | 이 | 르 | 렀 | 던 | | | |
| 『 | 천 | 사 | 의 | | 속 | 삭 | 임 | 』 | | 플 | 롯 | | | | | |

장편소설을 쓰려고 할 때, 플롯을 얼마나 자세히 준비하는지는 작가마다 다르다. 나는 플롯이 치밀할수록 좋다고 생각하는 쪽이다.

플롯 단계에서 너무 세밀하게 들어가면 이야기의 역동성이 훼손될까 봐 염려하는 사람도 있겠지만, 그건 기우에 불과하다. 결론까지 치밀하게 준비해도 스토리가 계획대로 전개되는 경우는 거의 없다. 어딘가에서 반드시 탈선하기 때문이다. 따라서 탈선할 경우 어디로 돌아가면 되는지, 최종적으로 어디에 도착하고 싶은지 명확한 줄거리가 필요하다.

내 작품에서도 일찌감치 죽을 예정이던 사람이 살아남거나, 살아있어야 할 인물이 어느 순간 사망하는 등 예상치 못한 상황이 발생하곤 했다. 그러나 마지막 착지점을 미리 정해놓은 덕분에 전체적인 스토리에 문제가 생기는 일은 없었다. 결말을 확실히 해두면 등장인물이 오히려 마음껏 행동할 수 있는 측면도 있다.

데뷔하고 세 번째 작품인 『천사의 속삭임』을 쓸 때였다. 플롯만 원고지 120장에 달했다. 대부분 항목별로 쓰고 군데군데 캐릭터의 대화를 넣은 간략한 것이었지만, 분량이 중편소설과 비슷했다.

플롯의 일부를 공개하기 전에 보충설명을 하면 다음과 같다.

이 작품의 1장은 아마존 탐험대에 참가 중인 작가 다카나시가 일본에 있는 애인 사나에게 잇달아 보내는 이메일로 구성된다.

독자는 수많은 메일을 읽으며 다카나시의 정신 상태나 사나에와의 관계, 그와 함께하는 탐험대원들의 인간성, 탐험대원들이 직면하는 사건 등에 대해 파악하게 된다.

• 다카나시 미쓰히로가 기타지마 사나에에게 보낸 이메일(위성전화와 노트북 컴퓨터 이용)과 편지, 그림엽서 등 → "메일에는 한자 읽는 방법을 달지 않는다" 등의 문제.

작가인 만큼 문장은 능숙함. 초반의 몇 통에서는 절망적일 만큼 어두운 분위기가 느껴진다.

"죽음이 두려운 진짜 이유는 삶과 죽음의 가치가 본질적으로 똑같지 않기 때문이다. 죽음이야말로 본래 있어야 할 상태이고, 현재의 삶이라는 건 믿을 수 없을 만큼 드물고 이상한 현상이며 불안정한 상태다. 그것은 우주가 개벽한 이후, 무한에 가까운 시간 속에서 있을까 말까 한 한순간에 불과하다. 그것이 현재의 상태다. 죽음이 두려운 게 아니다. 순식간에 지나가버리고 다시는 돌아오지 않는 이 이상한 삶의 형태가 두려운 것이다."

(그런데 대자연을 접하며 마음이 편해졌는지, 점점 아마존에 대한 소박한 놀라움을 표현하게 된다.)

• 대(大) 아마존의 동물상(포너)과 식물상(플로라). 영양염류가 부족한 얇은 지층. 지리적 현상과 환경파괴 문제. 무질서한 삼림 채벌과 화전농업. 귀중한 유전자 자원이 손쓸 도리 없이 사라지고 있다는 것. 아마존 횡단

도로. 원주민은 잇달아 문명의 소용돌이에 휘말리며 자긍심을 잃고, 대도시 저변의 슬럼으로 흡수되고 있다.

•탐험대의 메인 테마는 급격히 감소하는 열대우림을 조사하면서 지구 차원의 환경 문제를 생각하는 것이다(주최는 신문사와 통신사 등). 일상생활과 아마존 묘사. 카미나와족. 아마존의 선사문명. 꼬리감는원숭이 연구. 정글에서 휘몰아치는 돌풍(괴물이 지나가는 듯한 소리).

•공동체생활을 하고 있는 탐험대원의 성격 묘사.

문화인류학자인 니나가와 다케시(55세)는 왜소하고 미간에 깊은 세로주름이 있으며 뺨이 움푹 들어갔다. 필드워크의 천재. 신념이 강한 사람. 강한 자기억제력. 어느 누구도 두려워하지 않는다. 아내와 자식이 있지만 10년 넘게 별거 중이다. 현대 일본을 깊이 우려한다. 매파적 주장→반사회적 단체에는 파괴활동방지법을 적용해야 한다. 마약 대책은 네덜란드가 아니라 인도네시아 방식을 적용해야 한다. 비행청소년 교정에는 컬트종교의 노하우를 적용해야 한다.

모리 유타카(36세)는 내성적이며 자기 이미지가 확실하지 않다. 용모에 대한 콤플렉스→치아 부정교합. 여성을 대할 때 얼굴이 고통스럽게 일그러진다. 가벼운 말더듬이? 일본의 대학교수이자 원숭이학 권위자의 연구실 소속. 만년 조교의 월급으로 생활하기 힘들며, 현재 독신이다. 니나가와에게 완전히 심취해 있다. 한가할 때는 혼자 노트북 컴퓨터를 들여다본다(무엇을 보는지는 모른다).

아카마쓰 야스시(45세)는 덩치가 크고 뚱뚱하며 사교적인 인물이다. 하지만 짖는원숭이의 울음소리에 벌벌 떨 만큼 겁이 많고 예민한 측면이 있다. 아내와 아들이 있다. 가정은 원만한 듯하다.

카메라맨인 시라이 마키(32세)는 지적이고 침착한 느낌의 여성이다. 말이 별로 없으며, 시간이 나면 딸의 사진을 본다.

● 숲의 연구. 인류나 침팬지와 다르게 진화한 신대륙원숭이인 꼬리감는원숭이의 높은 지능 연구. 꼬리감는원숭이의 뇌중량을 측정해 산출한 뇌화지수와 지능을 테스트한 결과, 보노보(피그미침팬지)보다 높았다.

● 꼬리감는원숭이의 종류간 서식장소 구분. 그중에서 유일하게 우기가 되면 수몰하는 습지림(바르제아)에 사는 우아카리원숭이. 악마의 원숭이. 천적은 재규어나 부채머리독수리(뿔매. 원숭이잡이독수리와 함께 세계 3대 맹금의 하나). 급하강할 때는 바람을 가르는 용맹한 날갯소리.

● 니나가와 교수의 조사.

세계에서 가장 일찍부터 마약을 사용한 민족인 인디오→현재는 코카인을 만들고 있다. 숲의 정령에 관한 인디오의 전설.

과거 아마존에 존재한 것으로 보이는 베일에 싸인 고대문명의 흔적을 찾고 있다(→스네이크 컬트). 아마존의 모든 부족을 언어학적으로 조사한 미국 인류학자 래슬랩의 가설. 아마존 몬테알레그레 동굴에서 발견된 1만 1천 년 전의 벽화. 유명한 안데스 문명의 유적인 마추픽추 요새의 방비는 안데스 고원이 아니라 아마존 계곡을 향했다는 사실 등 → 왜 멸망했는가?

● 인디오 마을에 있던 유품 → 아내를 살해하고 분신자살한 미국인 영장류 학자(로버트 카플란)의 이야기(여기에서는 가볍게 언급한다).

● '저주받은 습지'에서 발생한 에피소드.

니나가와 다케시(문화인류학), 아카마쓰 야스시(식물학), 모리 유타카(영장류학), 다카나시 미쓰히로(작가), 시라이 마키(여성 카메라맨) 등 다섯 명은 아마존에서 가장 깊은 곳을 탐험하다 길을 잃는다. 강물의 흐름이 갖고 있던 지도와 완전히 달라진 것이다. 아마존을 탐험할 때는 최소한의 인원과 가벼운 짐을 휴대하는 것이 상식이다. 결국 음식이 바닥나는 바람에 그들은 야생동물을 잡아먹을 수밖에 없었다.

그런데 그 주변의 강은 일명 '기아(飢餓)'의 강(리오스 데 포메). 강한 산성이어서 영양염류가 부족한 커피색을 띠고 있다. 따라서 물고기를 잡을 수 없다. 더구나 다카나시의 실수로 카누가 뒤집히는 바람에 총알을 전부 잃어버린다.

그들은 어느새 카미나와족이 '저주받은 습지'라고 부르며 가까이 가지 말라고 경고한 장소에 도착한다.

겨우 돌아오는 길을 알아냈지만 날은 이미 저물었다. 도중에 재규어(온서)를 만나면 위험하므로 어쩔 수 없이 주린 배를 안고 야영하기로 한다 (재규어는 인간에게 관심을 갖고 뒤를 쫓는 습성이 있다). 숲속은 무수한 새들의 지저귐으로 요란하다.

보름달이 환히 비추는 가운데, 그들 앞에 우아카리원숭이 한 마리가 나타난다. 우아카리원숭이는 도망치지 않고 탐험대원들을 가만히 바라본다. 동료와 싸움이라도 했는지, 털이 없는 새빨간 머리에는 지렁이처럼 생긴 손톱자국 같은 새하얀 줄이 몇 개 보인다.

니나가와가 살며시 다가가 총의 대머리판으로 우아카리원숭이를 때려 죽인다. 다섯 명은 환호성을 지른 뒤, 죽은 우아카리원숭이의 가죽을 벗기고 해체해 내장과 머리, 팔다리의 냄새샘을 제거한 뒤 모닥불에 구워 먹는다.

지금까지 원숭이를 많이 먹었지만, 배가 고팠기 때문인지 이날 구워 먹은 우아카리원숭이는 특히 맛있다. 그러나 머리와 손발은(어두운 데다 불에 굽자 특히 윤곽이) 너무나 인간과 똑같아 먹을 수 없었다.

이 일이 일어나고 얼마 후 메일 내용에 뚜렷한 변화가 나타난다. 병적인 염세주의가 그림자를 감추고 희망이 가득한 말이 많아지는데, 점차 조병적인 관념 분일(여러 가지 생각이 빠르게 잇따라 떠오르거나 연상작용이 너무 빨라 생각이 일정한 방향을 잡지 못하는 상태)이나 지리멸렬한 부분이 눈에 띄게 된다.

검푸른 하늘에서 무언가가 춤추며 내려오는 악몽에 대해. 날갯소리. 기묘한 중얼거림 같은 속삭임. 밀림을 가로지르는 아마존 횡단도로에서 정신없이 도망친다.

마지막 메일에는 카미나와족과 말썽이 생겨 탐험대가 마을에서 떠나게 되었다는 내용이 쓰여 있다.

이런 식으로 나는 플롯을 매우 치밀하게 작성했다.

이때 내 마음속에는 한 줄기 불안이 자리잡고 있었다. 『검은 집』으로 일본호러소설대상 대상을 수상한 후 발표하는 첫 번째 작품인 만큼, 여기서 실패하면 살아남기 어렵다는 강박관념이었다. 말 그대로 운명의 갈림길이라고 생각해 상당히 긴장한 상태였다. 그런 마음이 플롯을 120장이나 쓰게 했는지 모른다.

때	로	는		준	비	한		플	롯	을						
버	릴		줄	도		알	아	야		한	다					

플롯은 치밀할수록 좋다고 했지만, 무작정 길다고 좋은 것은 아니다. 아무리 플롯을 길게 썼더라도 제대로 살릴 수 없는 경우가 생겨난다.

『말벌』을 집필할 때의 일이다. 나는 미리 짜놓은 플롯에 따라 작업을 마쳤다. 하지만 다시 한 번 읽어본 후 "역시 범인은 다른 사람이어야 한다"는 마음이 강하게 들었다. 그래서 결말을 완전히 바꾸었다. 플롯 단계에서는 느끼지 못했던 위화감이 작품을 완성한 후 드러난 것이다.

『크림슨의 미궁』도 처음 구상했던 플롯과 완전히 다른 형태로 세상에 나왔다. 가공의 땅에서 목숨을 건 게임이 펼쳐지는 스토리인데, 처음에는 호주 북서부의 벙글벙글이라는 국립자연공원에 여객기가 추락하는 걸로 설정했다.

그런데 어느 정도 이야기가 진행되자 진도가 나가지 않았다. 이미지가 더 이상 확대되지 않았고, 어떻게 하면 좀 더 재미있게 스토리를 전개할지 결론이 나지 않았다.

그때 나를 구원해 준 건 편집자의 한마디였다.

"취재차 현지에 직접 가보는 건 어떨까요?"

나는 무언가 영감이 떠오르기를 기대하며 벙글벙글에 가보기로 했다.

현지에 도착한 순간, 내 안에 있던 이미지는 전부 뒤집어졌다. 현실과 동떨어진 풍경을 눈으로 확인하고, '비행기 사고가 아니라 게임세계 구성'으로 설정을 바꾸었다.

처음부터 다시 쓰는 상황은 최대한 피해야 한다. 하지만 집필에 들어간 후 잘못을 깨닫거나, 취재를 통해 새로운 영감을 얻기도 한다. 더 좋은 작품을 쓰고 싶다면, 처음의 이미지에 집착하지 말고 준비한 플롯을 과감히 버릴 줄도 알아야 한다.

플롯을 디테일하게 만드는 것이 좋긴 하지만, 일부러 애매한 상태로 남겨두기도 한다.

물론 쓰고 싶은 테마나 장면 같은 최소한의 요소는 정해야 한다. 커다란 보자기를 어떻게 펼치고 어떻게 접을지를 정해두면, 중간 과정이 예상에서 벗어나더라도 전체가 흔들리지는 않는다.

실제로 등장인물이 움직이기 시작하면 작가의 원래 의도와 다른 방향으로 전개되기도 한다. 엄청난 사건에 직면한 사람들의 반응은 그 장면을 직접 쓰면서 생각해야 현장감 넘치게 표현할 수 있다. 공포에 떨며 도망치는 사람, 기묘하리만큼 냉정한 사람, 어떻게든 상황을 타개하기 위해 지혜를 짜내는 사람 등 여러 부류가 존재할 것이다. 이런 발상의 흐름을 재단하면서까지 계획대로 캐릭터를 움직이려 하는 건 좋은 방법이 아니다.

| 픽 | 션 | 에 | 도 | | | | | | | | | | | | |
| 논 | 리 | 가 | | 필 | 요 | 하 | 다 | | | | | | | | |

플롯에 살을 붙이는 일은 곧 소설을 쓰는 작업이다. 작가가

그동안 쌓은 지식이나 체험이 결정적인 역할을 한다. 앞에서 말했듯이, 매일 진행하는 일상 업무가 타인의 눈에는 흥미로운 정보의 보물창고일 수 있다.

조금 극단적인 사례지만, 내 기억 깊은 곳에 프레드릭 포사이드(Frederick Forsyth. 영국 작가)가 쓴 『자칼의 날』이 자리한다.

1960년대 초반 프랑스를 무대로 한 서스펜스로, 대통령을 암살하려는 무장조직이 고용한 자칼과 그를 저지하려는 프랑스 기관의 추적을 다룬 내용이다. 작가인 포사이드는 원래 저널리스트였는데, 1960년대 초반 프랑스에 주재했던 경험을 충분히 살리고 있다.

이 작품을 통해 나는 훌륭한 이야기의 세계관에는 반드시 구조나 논리가 있다는 사실을 깨달았다. 현실사회의 밑바닥에 경제가 있고, 그 위에 정치나 문화가 있다고 흔히들 말한다. 소설 역시 논리적 골격 위에 구축되어야 한다는 교훈을 『자칼의 날』로 배우게 되었다.

포사이드는 저널리스트 시절의 정보를 바탕으로 작품의 밑바닥에 국제정치의 비정한 시스템을 깔아놓았다. 국가가 국익에 치중한 나머지 등한시했던 개인의 행복. 그로 인해 생겨난 갈등과 망설임. 그런 배경이 제대로 묘사되어 큰 감동을 주었다. 만약 인간 드라마임을 중시해 갈등 부분만 그렸다면 독자의 마음을 뒤흔드는 멋진 작품이 되지 못했으리라.

대부분의 작가들은 논리에 치우치는 걸 '머리만 크다'고 생각해 좋아하지 않는다. 분명 논리만 짜내면 재미있는 작품이 태어나기 어렵다. 하지만 주인공의 심리를 디테일하게 그려내는 작품이라도 밑바닥에는 반드시 논리가 자리잡고 있어야 한다. 수많은 사람들이 등장해 사회를 뒤흔드는 스토리만 전개된다면 뼈 없는 연체동물처럼 안정감을 잃어버리고 말 것이다.

포사이드의 문장이 신문기사 같다는 비판도 존재한다. 하지만 나는 술술 읽히는 건조한 문체가 좋아 그의 작품에 정신없이 빠져들었다. 현실과 이어지는 논리적 골격이 이야기에 안정감을 부여했기 때문이다.

007 시리즈로 유명한 이안 플레밍(Ian Fleming. 영국 추리작가)은 제2차 세계대전 중 실제로 스파이로 활약했던 인물이다. 따라서 언뜻 상상의 세계를 그리는 듯하지만 배경에는 동서냉전 시대의 구도가 자리잡는 등, 이야기 골격에서 확실한 논리가 엿보인다.

007 시리즈는 주인공인 제임스 본드가 여자들의 사랑을 한 몸에 받는 이야기라고 해도 과언이 아니다. 그럼에도 B급 소설로 추락하지 않은 건 골격을 이루는 논리가 존재하기 때문이다.

영화가 유명해져 요즘에는 이 시리즈의 원작소설을 찾아서 읽는 사람이 드문 것 같다. 최근에 발표된 작품은 최초의 원작자인 이안 플레밍의 솜씨가 아니다. 작가를 꿈꾼다면 꼭 플레밍이 쓴 작품들을 읽어보기 바란다. 엔터테인먼트의 핵심을 정확히 찌르는 스토리 전개가 플롯 구성에 많은 도움을 줄 것이다.

플	롯	이		완	성	되	면									
철	저	히		검	증	하	라									

모든 오류는 플롯 단계에서 해결하는 것이 좋다. 어느 정도 진도를 나간 상태에서 치명적 실수를 발견하거나 재미에 의문을 느낄 경우 집필의욕이 반감된다.

플롯이 완성되면 철저히 검증하는 시간을 우선적으로 가져야 한다. 잠시 숨을 돌리고 전체를 들여다보면 그제야 깨닫게 되는 부분이 종종 있다.

스토리에 기복이 없어 따분하지는 않은가?

진행이 느려 독자를 지루하게 만들지는 않은가?

클라이맥스가 너무 갑자기 등장해 부자연스럽지 않은가?

이런 의문이나 단점은 플롯 단계에서 미리 수정해야 한다. 독자가 재미를 느끼도록 모든 장치를 강구하는 것이 좋다.

아이디어는 좋지만 최초의 주제나 내용에 문제가 있는 경우도 있다. 미스터리는 범죄를 다루는 일이 많은데, 이때 일정한 윤리관이 필요하다고 생각한다.

『푸른 불꽃』에서 사용한 살인방법은 문제가 있어 현실적으로 실현 불가능하다는 사실을 마지막에 써놓았다(실험해 본 건 아니므로 100퍼센트 자신은 없지만).

최근에는 투구꽃의 독을 실제로 이용하는 경우가 생겨나고 있다. 어떤 미스터리 작품을 통해 이 방법이 확산되었다고 한다. 그것이 사실이라면 리얼리티가 뜻밖의 파문을 불러일으킨 셈이다.

흉악범죄자의 연령이 낮아지는 것에 대해 만화나 게임 때문이라고 말하는 사람들이 있다. 사실 여부는 둘째 치고, 그때마다 공격의 대상이 되는 건 업계 전체에 바람직한 일이 아니다. 그런 면에서 미스터리 작가는 정보 제공에 신중해야 한다.

미스터리 분야의 중견작가인 쓰치야 다카오(土屋隆夫)는 생전에 몸값의 완벽한 수수방법을 생각해 냈지만, 자칫 악용될까 봐 작품에 사용하지 않았다고 한다.

작가의 한 사람으로 그 내용이 매우 궁금하면서도, 그의 단호한 태도가 존경스럽다. 미스터리를 사랑하는 사람으로서 마음에 새겨두고 싶은 이야기다.

현장의 공기를 직접 느끼고 경험하라

　아무리 상상력이 풍부한 사람이라도 무에서 유를 창조하기란 쉬운 일이 아니다. 작가 스스로 잘 모르는 분야는 아무리 길게 묘사해도 설득력이 생기지 않는다.

　소설을 쓸 때 정보 수집은 빼놓을 수 없는 작업이다. 작가는 글을 쓰기 위해 부지런히 취재해야 한다.

　취재에는 여러 방법이 있는데, 크게 두 가지로 나뉜다. 특정한 장소의 분위기를 파악하기 위한 것과 사실이나 정보를 확인하기 위한 것이다.

　일단 전자의 예를 들어보자.

　학교를 무대로 작품을 쓸 때, 나는 직접 학교를 방문하곤 한다. 시설이나 환경도 고려대상이지만, 그곳에서 생활하는 사람들의 분위기를 느끼고 싶기 때문이다.

　『푸른 불꽃』을 쓸 때는 쇼난 지역 고등학생들과 이야기를 나누었고, 『악의 교전』을 쓸 때는 선생님들을 인터뷰했다.

　내가 궁금해한 포인트는 교무실 분위기와 요즘 학생들의 성향이었다. 그런데 생각지도 못했던 부분, 즉 학교가 어떤 문제를 안고 있는지, 교사들이 그 문제에 어떻게 대처하고 있는지 등에 대한 흥미로운 에피소드를 들을 수 있었다.

젊은 교사들은 열심히 노력하지만, 일반기업과 마찬가지로 소극적인 중장년층이 어느 정도 존재하는 듯했다. 대부분의 학교에서 동아리 지도교사가 부족하며, 젊은 선생들은 경험이 없는 스포츠 분야라도 자진해서 떠맡는 게 현실이라고 한다. 이는 현장을 방문하지 않으면 알 수 없는 정보로, 소설을 쓸 때 큰 도움이 되었다.

2장에서 말했듯이 『다크 존』에서 나가사키현의 군함도를 이야기 무대로 선택했는데, 예전부터 관심을 가졌던 섬이다. 나는 현장을 직접 봐야 한다고 생각해 편집자와 그곳으로 취재를 갔다.

눈앞에 펼쳐진 것은 40년 이상 인적 없이 방치된 폐허의 도시였다. 사진으로는 느끼지 못했던 분위기와 비일상적 세계. 실제로 목격한 풍경을 나는 소설에서 다음과 같이 묘사했다.

여섯 명은 현관을 지나 학교건물 안으로 들어갔다. 들어가자마자 왼쪽으로 모자이크 벽화가 있었다. 돌계단처럼 보이는 콘크리트계단을 올라가 내부를 탐색했다. 폭이 좁고 긴 건물로, 한 층에 교실 여섯 개가 나란히 있었다.

6층 중앙에는 교실 네 개를 터서 만든 강당이 있었다.

7층을 지나 옥상으로 나가자, 맞은편에 더 거대한 건물의 옥상이 보였다. 두 건물은 다리로 이어져 있고, 맞은편 건물 옥상에 미끄럼틀 같은 것이 보였다.

"여긴 광부 사택의 옥상에 지어진, 섬에 하나밖에 없는 유치원이야."

리사가 그리운 눈길로 나지막이 중얼거렸다. _「다크 존(상)」 중에서

나는 현지를 직접 방문한 후 깜짝 놀랐다. 사진으로는 알 수 없었던 부분이 너무 많았다. 주변에 기와가 산더미처럼 쌓여 있었다. 발을 헛디뎌 넘어지기라도 하면 크게 다칠 듯했고, 건물의 잔해 역시 언제 무너질지 모르는 상태였다. 위험 속에서 현장을 살펴본 경험이 『다크 존』의 세계관을 지탱했다고 할 수 있을 것이다.

『신세계에서』를 쓸 때도 마찬가지였다. 이야기 무대가 1천 년 후의 미래지만, 실존하는 지명이 등장하므로 현장 취재가 필요했다.

먼저 이바라키현 가미즈시에 가보았다. 물론 지금의 풍경과 1천 년 후의 풍경은 완전히 다를 것이다. 따라서 현장에 가는 게 무슨 의미가 있냐며 고개를 갸웃거리는 사람도 있으리라. 하지만 1천 년 후 어떻게 달라질지를 상상하는 중요한 재료가 현재 눈앞의 풍경이다.

지금부터 2천 년 전 가스미가우라는 가토리노우미라는 거대한 내해(内海)로, 현재의 도네가와 하구에서 바다로 이어져 있었다. 한편 도네가와는 지금보다 훨씬 서쪽인 도쿄만으로 흘러갔다고 한다. 그런데 거듭되는 범람을 방지하고 경작할 수 있는 땅을 늘리기 위해 도쿠가와 이에야스라는 사람이 도네가와의 동천 사업을 시작한 후, 수백 년에 걸쳐 도네가와 하구를 이누보자키까지 끌어당겼다. 한편 가토리노우미는 토사의 퇴적으로 조금씩 줄어들어 결국 가스미가우라라는 담수 호수로 변했다고 한다(국가적인 대단한 사업을 시작한 도쿠가와 이에야스라는 인물에게 관심이 갔지만, 유감스럽게도 그 이름이 나오는 건 지리와 역사 교과서를 통틀어 이번 한 번뿐이다).

그리고 지난 1천 년간, 도네가와와 가스미가우라는 다시 변모했다. 우선 도쿄만으로 흐르던 대부분의 강물은 방향을 바꾸어 도네가와로 합류했다. 두말할 필요 없이 저주받은 땅인 도쿄를 윤택하게 만들 필요가 없어졌기 때문이다. 그리고 수량이 늘어나면서 다시 강물이 범람하자 치수를 위해 도네가와를 가스미가우라로 이었다고 한다. 이로 인해 현재의 가스미가우라는 과거의 가토리노우미에 필적할 만큼 거대해지고, 적어도 면적에서는 비와호수를 능가하는 일본 최대의 호수가 되었다. ＿「신세계에서(상)」 중에서

현장 방문은 이런 상상의 실마리를 얻게 되었다는 측면에서 중요한 취재였다.

밀실트럭이 등장하는 본격 미스터리를 쓸 때도 간혹 취재가 필요하다.

『유리망치』에 고층빌딩 창문을 닦을 때 사용하는 곤돌라가 등장하는데, 아무리 인터넷을 뒤져도 정보를 찾기가 어려웠다.

나는 결국 출판사가 입주해 있는 건물의 청소업체에 부탁해 곤돌라를 직접 타보았다. 허리춤 높이까지 테두리가 있는 작은 곤돌라를 타고 수십 층짜리 고층빌딩을 오르내리기란 쉽지 않았다. 더군다나 나는 고소공포증이 있어 더욱 견디기가 어려웠다. 곤돌라에 의지해 오랜 시간 청소작업을 하는 분들의 용기에 새삼 존경하는 마음이 들었다. 그런 심리적인 디테일도 작품을 쓸 때 귀한 재료가 된다.

| 정 | 보 | 의 | | 생 | 명 | 은 | | | | | | | | | | | |
| 정 | 밀 | 함 | 이 | 다 | | | | | | | | | | | | | |

잘만 사용하면 인터넷은 매우 효율적인 무기가 된다. 현대사회에서 궁금증을 가장 쉽게 해결해 주는 매체이기 때문이다.

내 경험상 취재를 하기 전 무엇을 조사할지 '초점'을 정하는 일은 매우 중요하다. 아마도 구글을 통해 검색하는 게 가장 일반적이리라.

물론 그곳에서 얻은 정보가 전부 사실이라는 보장은 없다. 하지만 다양한 각도에서 좋은 정보를 얻을 수 있다. 직접 취재를 나갈 때도 대강의 위치나 지형, 교통상황을 파악해 두면 작업이 훨씬 수월해진다.

혹시 인터넷에서 필요한 사항을 못 찾더라도 원하는 정보를 얻기 위해 어디로 가면 되는지, 어떤 문헌을 참고하면 되는지 알 수 있다.

『천사의 속삭임』에서 가공 생물의 학명을 붙인 적이 있는데, 그런 이름의 생물이 실제로 존재하는지 확인하느라 꽤 고생한 경험이 있다. 인터넷에서 생물의 학명을 총망라한 데이터베이스를 발견한 덕분에 그나마 시간을 단축할 수 있었다.

그런 면에서 인터넷은 실로 편리한 도구다. 하지만 특정한 사항에 대한 정확하고 체계적인 지식을 얻는 데 문헌만큼 좋은 건 없다.

도서관에 가면 여러 전문서적을 볼 수 있고, 신문 검색도 가능하다. 디테일이나 리얼리티가 필요하다면 인터넷 검색으로 끝내지 말고 몸을 써서 직접 조사하는 것이 바람직하다. 좋은 작품을 쓰려면 그런 수고를 아끼지 말아야 한다.

해당 분야의 전문가에게 문의하는 것도 정보 취득의 중요한 수단이다.

『말벌』을 쓸 때는 우선 말벌의 생태를 구체적으로 알아야 했다. 어느 정도 지식은 있었지만, 전문서적을 읽다 보니 새로운 사실을 알게 되고 여러 의문점이 생겨났다.

말벌은 눈이 머리 위쪽에 위치해 날아다닐 때 아래쪽을 보기 어렵다고 하는데, 문헌에서는 그러한 사실이 확인되지 않았다.

나는 지인을 통해 전문가에게 직접 확인했다. 그 결과 "사실입니다. 그래서 말벌을 피해 도망칠 때는 몸을 낮추는 게 좋습니다"라는 명쾌한 이야기를 들었다. 그러한 답변을 들은 후 나는 예정대로 스토리를 전개했다. 사소한 일일 수 있지만, 미스터리에서는 사실관계를 정확히 파악하는 게 매우 중요하다.

나는 말벌이 계절별로 일조시간의 변화를 어떻게 느끼는지도 알고 싶었다. 상황에 따라 비록 실내지만 빛을 어떻게 쪼이느냐에 따라 말벌이 계절을 착각하도록 만들 수 있었기 때문이다.

이때도 전문서적을 보거나 전문가의 조언을 들으며 플롯을 다듬었는데, 이는 트릭과 직결되는 중요한 정보였다. 정확한 사실을 알면 전개가 달라질 수 있고, 새로운 발상의 힌트가 되기도 한다.

이 책을 읽는 분들은 대부분 아마추어 작가일 테니 전문가에게 취재를 요청하기가 어려울지도 모른다. 하지만 최선을 다해 노력하고, 이야기의 무대를 직접 방문함으로써 많은 걸 발견하게 될 것이다.

처음으로 『13번째 인격』을 집필할 때 나는 효고현 니시노미야 시내를 자전거로 직접 누비고 다녔다. 그러면서 이야기의 무대를 조금이라도 더 알기 위해 노력했다.

이것은 지금도 내가 사용하는 방식이다. 실존하는 지역을 무대로 삼을 경우 현지를 구석구석 돌아다니곤 한다. 스트리트 뷰(구글에서 제공하는 3차원 지도 서비스)로는 결코 느끼지 못하는 현장만의 분위기가 있기 때문이다. 그것을 온몸으로 느끼느냐 그렇지 못하느냐에 따라 글을 쓸 때의 이미지 확장이 결정된다.

"기묘하리만큼 더워서 온몸이 땀으로 젖었다"는 식의 사소한 감각이라도, 자신이 직접 느꼈다면 소중히 여겨야 한다. 그 느낌은 작품 안에서 반드시 생생하게 살아날 것이다.

지금은 뭐가 되었든 인터넷으로 해결할 수 있는 시대다. 그렇기 때문에 현장에 가야 알 수 있는 무형의 정보가 더 큰 가치를 지닌다.

트	릭	에	는		저	작	권	이		없	지	만	,			
표	절		위	험	성	을		경	계	하	라					

본격 미스터리를 쓰는 경우, 자신이 생각해 낸 트릭을 앞서 사용한 사람이 없는지 조사해야 한다.

물론 트릭에는 저작권이 없다. 하지만 이미 출간된 작품의 트릭과 유사한 내용을 메인으로 사용할 경우, 의도가 없었더라도 표절이란 비난을 피하기 어려울 것이다. 내용면에서 자신이 있다면 비슷한 트릭이 먼저 사용되지 않았는지 더욱 확인해야 한다.

물론 지금까지 발표된 트릭을 모두 파악하기란 불가능에 가깝다. 완벽한 데이터베이스가 있다면 모르겠지만, 동서고금의 트릭을 전부 꿰기란 어느 누구도 어려운 일이다.

나도 방범탐정 에노모토 시리즈에서 사용한 밀실트릭을 혹시 먼저 쓴 사람이 없는지 꽤 신경을 써왔다. 때로는 미스터리 연구가와 의논하기도 했다. 하지만 한계는 있게 마련이다.

"새로운 트릭은 이미 다 나왔다."

미스터리 세계에 이런 말이 나돌 정도로 그동안 방대한 유형의 트릭이 쏟아져나왔다. 따라서 독창적인 트릭을 생각해 내기는 쉬운 일이 아니다.

그렇다 하더라도 미스터리 작가가 되고 싶다면, 가급적 관련 작품을 많이 읽어 유사 사례를 파악하고 있어야 한다. 최종적으로는 작가의 양심에 맡길 수밖에 없는 것이 현실이다.

트릭이 중복된다고 해서 반드시 나쁜 것만은 아니다. 참신한 트릭이라고 생각해 사용했는데 "이미 19세기의 어느 작품에서 사용되었다"는 지적을 받았다고 하자. 그렇다고 해서 작품의 가치가 떨어질까? 그렇지 않다. 유명한 작품과 동일한 트릭을 사용하더라도 주제나 스토리텔링상 완전히 다른 작품이라면 제대로 평가받아야 할 것이다.

취	재	로		얻	은		정	보	의					
적	당	한		취	사	선	택							

취재는 지금까지 몰랐던 정보를 얻는 데 매우 효과적인 방법이다. 하지만 한 가지 조심할 부분이 있다. 취재로 얻은 정보를 활용하는 방법이다.

취재에 공을 들일수록 많은 정보를 얻게 된다. "힘들게 입수한 것이니 가급적 작품에 살리고 싶다!"는 마음은 충분히 이해가 된다. 하지만 그럴수록 조심해야 한다. 정보에 대한 탐욕이 오히려 역효과를 가져올 수 있기 때문이다. 즉, 정보에 살을 붙이려다 보면 문장이 질척거리고 장황해지기 쉽다.

최근 들어 정보소설이 각광을 받고 있다. 하지만 정보를 강조한 나머지 설명이 지나치게 많아져 읽기 힘든 작품들이 발견된다. 이는 본말전도의 상황 아닌가? 르포나 논픽션을 목표로 삼은 것이 아니라는 사실을 기억해야 한다.

특정한 사항에 대해 백 가지 정보를 입수했다면, 열 가지 또는 스무 가지만 사용해도 운이 좋았다고 생각해야 한다.

'아는 것을 쓰는 것'이 아니라 '알기 때문에 쓸 수 있는 것'이다. 자신이 파악한 정보를 전부 사용하지 않아도 행간에서 많은 것들이 자연스레 배어나올 것이다.

취재는 디테일한 부분을 보강하기 위한 효과적인 수단이다. 하지만 한 가지 철칙을 기억해야 한다. 자신이 아는 것을 전부 사용하지 말아야 한다는 점이다. 정보를 얼마나 사용할지는 경험의 축적을 통해 체득하게 되므로 처음부터 균형을 잡기는 어렵다.

일단 본인의 생각대로 써나가면 된다. 그리고 나중에 독자의 관점에서 쓸데없는 부분을 줄여나간다. 이 점은 5장에서 다시 설명할 것이다. 어쨌든 정보의 적당한 취사선택은 계속 시도하고 실패하면서 배우는 수밖에 없다.

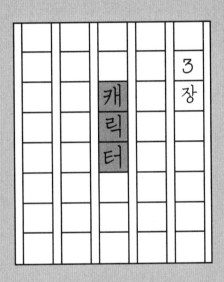

캐릭터

3장

| 캐 | 릭 | 터 | 의 | | 이 | 름 | 은 | | | | | | | | |
| 의 | 외 | 로 | | 중 | 요 | 하 | 다 | | | | | | | | |

　흔히 플롯을 마무리하는 과정에서 이런저런 문제가 생겨난다. 때로는 펜이 멈추는 산고의 고통에 직면하기도 한다.

　그래도 최선을 다해 고민하고 생각하다 보면 어느 순간 이미지가 확대된다. 내 경우에는 캐릭터에 딱 맞는 이름을 붙였을 때 그렇다.

　단순히 '등장인물 A'에 불과하던 캐릭터가 이름을 가지는 순간, 구체적인 성격과 모습은 물론이고 새로운 이미지가 부여된다. 그렇게 되면 이야기 전체의 밑바탕이 정비되고, 구상 또한 순조롭게 풀려나간다.

　캐릭터는 이야기를 끌어가는 중요한 역할을 하며, 엔터테인먼트에서 매력적인 캐릭터는 필수적인 요소다. 이제부터 어떻게 하면 매력적인 캐릭터를 만들 수 있는지 이야기해 보자.

사소하게 여길지 모르지만 캐릭터의 이름은 의외로 중요하다. 보통 작가가 자신만의 독특한 감각으로 이름을 정하기 때문에 정답이 무엇인지는 누구도 모른다. 다만 주인공의 이름은 현실과 동떨어지지 않고 다소 화려하게 느껴지는 편이 좋다.

작가를 희망한다면 사용하고 싶은 성과 좋아하는 이름이 어느 정도 머릿속에 존재하지 않을까? 나 역시 그렇다. 그래서 스토리에 맞춰 그 이름들을 적당히 조합해 보는 일부터 시작하는 경우가 많다.

기본적으로 본인이 희망하는 이름이나 외우기 쉽고 매력적인 이름을 사용하는 것이 바람직하다. 어렵거나 모르는 한자는 피하는 게 좋다.

'文子'라는 이름의 여성 캐릭터가 등장하는 경우, 이것을 '아야코'라고 읽을지 '후미코'라고 읽을지는 오직 작가의 의지에 달렸다. 이름이 정확하지 않으면 독자가 감정이입을 하기 어려우므로, 처음 등장할 때 한자 옆에 읽는 법을 표기하곤 한다. 그렇더라도 이런 이름은 피하는 편이 좋다.

연출이나 스토리 전개 등에 따라 특수한 이름이 사용되기도 한다. 방범탐정 에노모토 시리즈 가운데 아스카데라 호야라는 사람이 등장하는데, 이는 외국의 유명한 권투선수 오스카 델라 호야(Oscar de la Hoya)를 한자로 바꾼 이름이다.

만약 '文子'라는 이름을 꼭 사용해야 한다면, 어머니가 "아야코"라고 부르는 장면을 일부러 넣는 등 독자가 이해하기 쉽도록 연출해야 한다.

나는 주요 캐릭터의 이름이 정해지면 작명 관련 책을 살펴본다. 그것을 참고하여 획수가 나쁘다는 이유로 주인공 이름을 바꾸기도 하고, 비명횡사하는 엑스트라의 경우 일부러 획수가 나쁜 이름을 찾기도 한다.

이런 부분은 독자와 직접적인 관계가 없으므로, 어쩌면 이름에 시간을 들이는 것이 쓸데없는 일로 여겨질지도 모른다. 하지만 캐릭터의 이름에 수긍이 가면 작가 스스로 캐릭터에 감정이입을 하기가 쉬워진다. 그와 반대로, 캐릭터 이름이 마음에 안 들거나 주인공 이름에 위화감을 느낀다면 글이 순조롭게 진행되지 못할 것이다.

주요 캐릭터의 이름이 어느 정도 정해지면 플롯처럼 간단하게 등장인물 일람표를 만들기 바란다.

학교를 무대로 한『악의 교전』을 쓰기 전에 나는 학생들 명단를 먼저 만들었다. 전체 캐릭터가 등장하는 장면은 없지만, 이것은 매우 중요한 작업이다. 단순히 머릿속에 떠오른 이름들로 정하면 성이 어느 한쪽에 치우칠 수 있다. 이 사실은 나도 등장인물 일람표를 만들고서야 처음으로 알아차렸다.

또한 다카다, 야마다, 아리타, 시모타처럼 '다'나 '타'가 붙는 성이 많은 경우도 조심해야 한다. 독자 입장에서 혼란스러울 수 있기 때문이다. 제임스 엘로이(James Ellroy, 미국 작가)가 쓴 『블랙 달리아』를 보면 블라이처트와 블랜처드라는 캐릭터가 등장한다. 작가에게 특별한 이유가 있었을지 모르지만, 읽으면서 계속 헷갈리는 건 어쩔 수 없었다.

캐	릭	터	의		목	소	리	를							
이	미	지	화	한	다										

사람마다 개성이 다른 것처럼 작품의 캐릭터도 다양한 인격을 가지고 있다. 플롯 단계에서 캐릭터를 얼마나 디테일하게 만들어야 할까?

슬쩍 나오는 단역이라면 역할만 정하고 나머지는 상황에 맡겨도 된다. 하지만 중요한 캐릭터는 그럴 수 없다. 그 사람을 제대로 이미지화할 수 있도록 디테일한 부분을 미리 정해야 한다.

성별과 연령, 직업, 외모, 성격 등 사람의 캐릭터를 이루는 요소는 한두 가지가 아니다. 이 가운데 내가 중요한 기준으로 삼는 것이 목소리다.

사람의 눈을 통해 어느 정도 감정을 읽어낼 수 있듯이, 목소리나 말투에서도 많은 것들이 드러난다. 목소리로 그 사람의 교양이 어느 정도인지 알 수 있고, 사용하는 단어를 보면 성격이나 살아온 모습까지 이미지가 확대된다.

소설 속에서 주인공은 독백을 한다. 이것은 주로 작은따옴표로 처리되는데, 주인공이 자신의 목소리로 말하는 내레이션이라고 할 수 있다. 그때 목소리의 이미지가 굳어져 있으면 이야기의 분위기 또한 저절로 경직된다.

이것은 활자로 표현하기 힘든 부분이므로, 작가가 머릿속에 이미지화하는 것이 중요하다. 등장인물의 목소리가 구체적으로 이미지화되어 있으면 그 캐릭터는 거의 완성되었다고 볼 수 있다.

뺄	셈		기	법	으	로		만	들	어	낸				
『	악	의		교	전	』		하	스	미		세	이	지	

작가들은 종종 "캐릭터가 자기 마음대로 움직인다"는 표현을 사용한다. 내 경험을 봐도, 캐릭터가 이야기 전개에 자기 의견을

내놓거나 반항하는 일이 생겨나곤 한다.

이는 캐릭터의 인격을 그만큼 확실하게 만들었다는 증거로, 작가가 뒤처리에 쫓기는 상황이라면 캐릭터 조형에 성공했다고 할 수 있다. 주인공이나 그에 준하는 주요 캐릭터는 작가의 의도와 가끔 다르게 행동하는 게 이상적이다.

그러면 가장 중요한 주인공을 어떻게 설계하고 캐릭터는 어떻게 응축해야 할까? 중요한 건 독자가 감정이입하기 좋은 인물을 이미지화하는 일이다.

주인공의 시선은 독자의 시선을 담당하는 경우가 많다. 대부분의 독자들은 자신을 주인공과 동일시하며 이야기 속으로 들어간다. 따라서 주인공은 독자가 자연스럽게 속마음을 상상할 수 있는 인물이어야 한다. 그런 면에서 볼 때 성격이 독특한 사람보다 평범한 사고를 하는, 우리 주변에 흔히 있을 법한 인물이 바람직하다.

그런데 내가 쓴 작품 가운데 예외적인 경우가 있었다. 『악의 교전』 주인공인 하스미 세이지가 그 주인공으로, 이야기 특성상 공감능력이 필연적으로 없는 사람이어야 했다.

그는 내가 지금까지 그려온 등장인물 중 굉장히 특이한 캐릭터다. 사이코패스를 그리기 위해 만들어낸 것이 아니라 보통 사람에게서 뺄셈하는 형태로 만들어낸 인물이다. 세상 사람들이 우수하다고 여기는 인물을 캐릭터로 세우고, 그것에서 공감능력을 제거하면 어떤 사람이 완성될까 하는 호기심이 출발점이었다.

실제로 작품 속의 하스미는 못하는 것이 없는 슈퍼맨 같은 교사로, 여성들의 사랑을 한몸에 받는다. 그러한 능력 덕분에 사람들은 그가 얼마나 기괴한 인물인지 알아차리지 못한다.

한편, 캐릭터를 만들 때 주의할 점이 있다. 작가 입장에서 편한 인물을 등장시키려다 자칫 자신의 분신을 만들 수 있다. 그로 인해 주요 캐릭터의 성격이 전부 비슷해져, 인물 각각을 제대로 그려내지 못했다는 비난에 처하기도 한다.

그런 상황이 되지 않도록 평소 주변을 잘 관찰하고, 자신만의 서랍 속에 사람들의 다양한 개성을 저장해 두어야 한다.

| 캐 | 릭 | 터 | 의 | | 약 | 점 | 이 | | | | | | | |
| 오 | 히 | 려 | | 감 | 정 | 이 | 입 | 을 | | 돕 | 는 | 다 | | |

주인공에게 어느 정도까지 감정이입할 수 있을까? 이는 엔터테인먼트에서 대단히 중요한 요소다. 그런 점에서 히라이 가즈마사(平井和正)의 울프가이 시리즈는 하드보일드적 필치에 자학

개그적인 녹특한 요소를 가미해 독사의 감정이입을 촉구하는 작품이라고 할 수 있다.

이 시리즈의 주인공은 이구가미 아키라라는 탐정으로, 보름달이 떠오르면 불사의 힘을 발휘하는 늑대인간으로 변한다. 그로 인해 각국 첩보기관에서 그의 목숨을 노리게 된다. 압도적인 힘으로 적을 물리치는 영웅이지만, 그럼에도 불구하고 컨디션이 안 좋다고 혼잣말로 투덜대거나 권태감을 호소하기도 한다.

사람은 간극(Gap)에 약하다. 즉, 완전무결해 보이는 캐릭터가 뜻밖의 허술한 면을 보이면 인간적인 부분이 부각되면서 더욱 사랑스럽게 느껴진다.

지금까지 세상에 나온 명탐정물과 명형사물을 떠올려보기 바란다. 대부분의 시리즈에서 주인공에게 치명적인 약점이 있음을 알 수 있다. 영웅이 완전무결한 존재일 필요는 없다. 오히려 약점이 있어야 독자들이 쉽게 받아들인다. 셜록 홈스도 코카인 중독이라는 커다란 약점을 갖고 있지 않은가?

감정이입을 거부하는 유형의 주인공은 작가 입장에서도 글을 써나가기가 힘들다. 뿐만 아니라 글을 써도 즐겁지 않다. 신인상 응모작품 가운데 주인공에게서 특별한 매력이 느껴지지 않는 경우, 이런 설계상의 문제 때문일 때가 적지 않다. 완성된 작품을 읽은 친구가 "캐릭터에 매력이 없다"고 말한다면 주인공의 인물상을 다시 한 번 고민해 봐야 한다.

작	품		속	에	서		주	인	공	을					
어	떻	게		부	를		것	인	가						

소설은 주인공의 시점으로 진행되는 게 일반적인 방식이다. 그
때 "나는 ○○을 했다"는 식으로 1인칭 시점을 쓰느냐 혹은 "하
스미는 ○○을 했다"는 식으로 3인칭 시점을 쓰느냐, 즉 주인공의
시점이 무엇이냐에 따라 글쓰는 방식이 달라진다.

시점에 대한 자세한 설명은 뒤에서 하겠지만, 글에 익숙해지
기 전까지는 3인칭을 권하고 싶다(이유는 나중에 자세히 설명하
겠다). 그런 경우 지문에서 주인공을 어떻게 부를까 하는 문제
가 발생한다.

『검은 집』의 주인공은 와카쓰키 신지인데, "와카쓰키는 ○○
를 했다"는 식으로 나는 성을 선택했다. 반면에 구시모리 슈이
치라는 소년이 주인공인 『푸른 불꽃』에서는 "슈이치는 ○○을
했다"는 식으로 이름을 표기했다.

왜 『검은 집』에서는 성을 사용하고, 『푸른 불꽃』에서는 이름
을 사용했을까?

대부분의 작가들은 주인공의 성별이나 연령을 고려해 성을
사용할지 이름을 사용할지 결정한다. 주인공이 여고생인 경우
성을 사용하면 위화감이 생겨날 것이다. 또한 주인공이 젊을 때

는 이름을 사용하는 편이 독자의 공감을 얻기 쉽다. 『푸른 불꽃』에서 슈이치라는 이름을 사용한 건 그 때문이다.

한편 『검은 집』에서는 와카쓰키가 회사에 다닌다는 점을 중시해 성으로 통일했다. 꽤 친한 친구라면 이름으로 부르기도 하겠지만, 기본적으로 회사에서는 와카쓰키라는 성을 사용할 것이다. 때문에 지문에서 "신지"라고 부르면 두 가지 호칭이 뒤섞여 독자가 혼란스러울 수 있다.

물론 주인공을 이름으로 부르는 기업소설도 있고, 그게 효과적인 경우가 존재한다. 문제는 작가가 그런 점을 어디까지 의식하고 설정하느냐이다. 그런 점을 의식한다는 건 독자가 주인공을 어떻게 부르기를 바라는지, 어떻게 이미지화하기를 바라는지를 생각한다는 의미이다.

악	역	이	라	서											
허	용	되	는		것										

현실사회가 착한 사람만으로 이루어지기 어려운 것처럼, 엔터테인먼트의 등장인물이 전부 착한 사람일 수는 없다. 나는 악역 만드는 것을 싫어하지 않는다. 어느 면에서는 주인공보다 더

중요할 수 있다. 모든 소설에 악역이 필요한 건 아니지만, 임팩트 있는 악역을 만들면 그것만으로 소설 수준이 몇 단계 올라간다.

작가가 되고 나서 깨달았는데, 작가에게 악역은 대단히 즐거운 존재다. 악인이기에 다른 캐릭터가 하지 못하는 금기행동을 시킬 수 있고, 그것이 아무리 잔인한 짓이어도 허용된다.

토머스 해리스(Thomas Harris. 미국 작가)가 『양들의 침묵』에 등장시킨 렉터 박사는, 주인공이 저질렀을 경우 독자가 바로 떨어져나갈 만한 악행을 잇달아 저지른다. 그래도 독자에게 외면당하지 않는 건 오직 그가 악역이라는 위치에 있기 때문이다.

하지만 이것은 쉬운 일이 아니다. 해리스의 캐릭터 설계에는 치밀한 계산이 숨어 있다.

토머스 해리스는 정말 대단한 작가다. 그는 당시 장르 소설로 간주되었던 사이코 호러 소설에서 범인의 마음속으로 파고들었다. 그리고 왜 그런 죄를 저지르게 되었는지 파헤쳤다. 아마도 이러한 영역에 과감히 발을 내딛은 최초의 작가가 아닐까 싶다.

연쇄살인마를 모티브로 삼으면서, 다양한 각도에서 인간적인 부분을 그려낸 점이 『양들의 침묵』의 큰 특징이다. 범인이 간혹 보여주는 인간미가 "이 사람에게도 그럴 만한 사정이 있었나 보군"이라든지 "그것 때문에 이런 궁지에 몰린 거야. 이 사람은 가해자인 동시에 피해자라고 할 수 있어" 하는 식으로 상상의 범위를 확대시킨다.

본래 연쇄살인마는 독자 입장에서 감정이입하기 힘든 존재다. 하지만 인간적인 묘사를 가미함으로써 고개를 끄덕일 수 있게 만들어준다. 적어도 이 작품을 읽는 동안에는 연쇄살인마를 도저히 이해할 수 없는 존재라고 생각하지 않을 것이다.

그 결과 해리스는 연쇄살인마가 최고의 엔터테인먼트가 될 수 있음을 증명했다. 『악의 교전』을 쓸 때도 나는 그의 작품에서 크게 영감을 받았다.

『검은 집』에 등장한 고모다 사치코라는 인물 역시 악역이지만 비교적 이해하기 쉬운 캐릭터 아닐까? 그녀가 과거의 악역과 다른 점은 아줌마라는 점이다. 아줌마인데 무섭다. 그런 간극을 노리고 설정한 캐릭터라고 해도 과언이 아니다. 현실사회에는 위험한 아줌마가 많지만, 소설세계의 아줌마는 압도적으로 착한 사람이 많다.

그런데 주인공이 성인남성인 만큼 신체적으로 우세하니 그렇게 두려워할 필요가 없다고 여길 수 있다. 하지만 그것은 이쪽이 선제공격으로 상대를 죽여도 되는 경우에 해당되는 이야기일 뿐이다. 상황이나 윤리적인 면에서 이쪽이 먼저 공격할 수 없는 환경이기에 그녀는 악역으로 우뚝 설 수 있었다.

악역과는 조금 다르지만, 이른바 기인이나 괴짜도 엔터테인먼트와 잘 맞는다. 기묘한 인물을 멋지게 만들어내면 스토리에 악센트를 주고, 독자에게 임팩트를 안겨줄 수 있다. 본격 미스터리에 종종 등장하는, 속세를 떠난 도인처럼 행동하는 탐정이 좋은 예다.

하지만 임팩트만을 생각해 상식과 동떨어진 기인이나 괴짜가 다수 등장하는 작품은 다시 생각해 봐야 한다. 괴짜 캐릭터에게 미소지을 수 있는 건 어디까지나 주변에 상식적인 사람들이 많을 때이다. 그들이 괴짜 캐릭터의 기이한 행동을 어이없게 여기거나 난처해하기 때문에 독자의 공감을 불러일으킬 수 있는 것이다.

남	성		작	가	가		여	성		캐	릭	터	를			
그	리	기	는		쉽	지		않	다							

리얼리티가 살아있는 생생한 캐릭터를 만들기 위해 가까운 친구나 지인 중에서 모델을 찾아보는 건 어떨까?

1950년대에 태어난 남성을 그릴 경우 그들만의 독특한 아재스러움을 표현하는 것은 바람직하지만, 정도가 지나치면 부자연스럽다. 차라리 직장 상사를 비롯해 주변에서 적당한 모델을 찾아 "이 사람이라면 이렇게 말할 것 같다"는 식의 현실적 기준을 정하는 게 좋지 않을까?

물론 나도 모든 캐릭터에 모델이 존재하는 건 아니다. 등장 빈도가 낮은 조연은 필요한 역할만 연기하게 하는 정도다.

모델에 지나치게 의지하면 주변에서 적당한 대상을 구하지 못할 경우 곤란해진다. 더구나 사람들과 다양하게 어울리지 않는 작가라면 전체적으로 획일적인 캐릭터가 등장할 위험성도 있다.

나 또한 골치를 썩는 부분인데, 남성이 여성 캐릭터를 그리는 일은 굉장히 어려운 작업이다. 평소 여성과 접촉이 거의 없는 사람이라면 이미지로 그려내는 여성상이 현실과 동떨어질 테고, 결국 여성독자들은 위화감을 느낄 수 있다.

영화나 드라마에 등장하는 여배우를 모델로 삼는 것도 한 가지 방법이지만, 최선은 아니다. 남성의 관점에서 여성을 바라보므로, 남성의 환상 같은 게 투영될 수밖에 없기 때문이다. 더구나 참고한 영화나 드라마의 시나리오 작가가 남성일 경우 여배우의 극 중 역할 자체가 여성시청자의 공감을 얻지 못하기도 한다.

이런 식으로 잘 모르는 존재를 등장시킬 때, 사람은 자신의 머릿속 유형에 기대어 묘사하는 경향이 있다.

남성이 여성 캐릭터를 그릴 때, 요즘은 쓰지 않는 단어를 사용한다든지 중년여성이 구사할 법한 표현을 젊은 여성에게 쓰게 하는 경우가 있다. 그러면 결국 '젊은 여성을 잘 모르는 아저씨가 만들어낸 여성'이라는 인상을 주게 된다.

또 남자노인을 그릴 때 "내 이름은 ○○○라오" 하는 식의 옛날 말투를 사용하는 것도 지양해야 한다. 그런 말투를 쓰는 노인은 이제 찾아보기 어렵다. 말투는 평범한 구어체를 사용하고, 단어에서 시대를 느끼도록 고민하는 편이 자연스럽지 않을까?

그렇다면 고등학생은 어떠한가? 당시의 유행어를 많이 사용하면 몇 년 후에는 어색하고 촌스러운 느낌이 들게 마련이다. 유행어를 남발하기보다 20년 후에도 통하는 보편적인 말투를 사용하는 것이 자연스럽게 읽히지 않을까?

유행어를 거부할 필요는 없지만, 시대에 편승하지 않는 자세가 자연스러운 캐릭터를 만들어내는 비결이라고 할 수 있다.

| 명 | 작 | 에 | 서 | | 배 | 우 | 는 | | | | | | | | | | | |
| 캐 | 릭 | 터 | | 설 | 정 | | | | | | | | | | | | | |

개인적으로 캐릭터를 설정할 때 잊을 수 없는 작품이 있다. 쓰쓰이 야스타카가 쓴 『허항선단(虚航船団)』이다.

쓰쓰이 야스타카는 일본의 엔터테인먼트 장르에서 빼놓을

수 없는 위대한 거인이다. 특유의 작풍을 답습하려 한 작가가 수없이 많지만, 성공한 경우는 찾아보기 어렵다.

그의 영향을 받은 작품이 나만 해도 한두 가지가 아니다. 예로 든 『허항선단』을 읽고는 "필력이 있으면 무엇이든 허용된다"는 느낌을 온몸으로 받았다.

간단히 설명하면, 1장에 등장하는 캐릭터는 전부 문구류이다. 풀이나 컴퍼스 등이 인격을 지녔고, 자는 융통성 없게 설정되는 등 절묘하게 의인화시킨 점이 특징적이다. 그런 그들이 족제비족과 한판 전쟁을 치른다. 상상만으로도 대단하지 않은가?

캐릭터 자체만 해도 독특한데, 황당무계한 세계를 생생하게 접하는 동시에 가공의 설정인 족제비족의 역사까지 즐길 수 있다. 쓰쓰이 야스타카의 탁월한 능력에 감탄사가 절로 나오는 명작이다.

찰스 디킨스(Charles Dickens. 영국 작가)의 『데이비드 코퍼필드』도 캐릭터를 만들 때 주목해야 할 작품이다. 한 소년의 출생과 성장을 그리고 있는데, 디킨스의 자전적 소설이라고 한다.

원래 고아였던 코퍼필드는 수많은 사람들과 만나고 다양한 경험을 하면서 조금씩 성장한다. 잇달아 등장하는 캐릭터에는 선인과 악인이 섞여 있다. 하지만 모두 매력이 넘치고 힘차게 약동하는 모습이 인상적이다. 작가 지망생 입장에서 캐릭터 조형이나 인물 묘사 등 참고할 점이 많다.

나도 캐릭터를 만들 때 이 작품에서 많은 영향을 받았다. 등장인물 가운데 유라이어 힙은 철저히 자신을 낮추는 타입의 악인이다. 항상 "저 같은 자는……"이라고 조심스럽게 말하지만, 뒤에서 180도 모습을 바꾸는 방심할 수 없는 인물이다. 그는 『신세계에서』에 등장하는 스퀼라의 모델이 되었다.

비일상적 요소가 담긴 이야기는 아니지만, 때로는 속이 후련할 만큼 통쾌하고 때로는 가슴이 먹먹할 만큼 감동적이다. 찰스 디킨스는 독자의 심장을 정확히 겨누는 스토리 전개로 엄청난 인기를 얻었다. 그가 신문에 글을 연재했던 19세기에, 수많은 사람들이 후속편을 고대하며 템스 강 선착장에서 신문 운반선을 기다렸다는 에피소드가 남아 있을 정도다.

왓	슨		역	할	을												
정	할		때	의		규	칙										

미스터리 장르의 캐릭터 중에는 왓슨 역할이라는 정해진 포지션이 있다. 이는 곧 셜록 홈스의 파트너로 우리에게 친숙한 왓슨 박사를 가리킨다.

『유리망치』로 시작되는 방범탐정 에노모토 시리즈에서는 준코라는 여주인공이 여기에 해당한다. 그녀는 에노모토 옆에서 왓슨 역할을 담당한다. 이야기를 속도감 있게 진행하고 독자의 공감을 얻기 위한 대단히 중요한 역할이다.

왓슨 역할을 정할 때에는 크게 두 가지 규칙이 존재한다.

첫째, 지적 수준이 독자와 같을 것.

둘째, 눈높이 역시 독자와 같고 탐정에게 질문하는 역할일 것.

이 두 가지 조건이 충족되어야 독자에게 홈스의 생각을 통역해 줄 수 있다.

만약 왓슨이 홈스처럼 머리가 뛰어나고 추리를 잘한다면 어떻게 될까? 두 사람의 추리나 대화가 정신없이 빠르게 진행되어 독자는 결국 뒤로 처지고 말 것이다. 그렇게 되면 엔터테인먼트로 성립하기가 어려워진다.

탐정 역할은 개성 강한 사람이 맡는 경우가 많으므로, 왓슨 역할은 평범하고 상식적인 인물이 적당하다. 또한 독자와의 가교 역할을 맡기 위해 탐정의 이상한 언행에 딴지를 걸거나 독자의 눈높이에서 당황하기도 해야 한다.

참고로, 방범탐정 에노모토 시리즈는 다중해결(多重解決)이 하나의 패턴이 되었다. 즉, 하나의 밀실에 여러 개의 돌파방법이 제시되다 부정당하는 것의 반복이다. 이때 왓슨 역할인 준코는 진실 외에 '다른 해석'을 내놓는 중요한 역할을 담당한다.

직업이 변호사임을 감안하면 준코가 지금보다 똑똑해야 할지도 모른다. 하지만 엉뚱한 추리를 자신감 넘치게 피력함으로써, 자연스럽게 '백치미 있는 똑똑한 여성'이라는 디테일이 자리잡았다.

시리즈의 첫 번째 작품인 『유리망치』에서는 여주인공다운 캐릭터였지만, 연작 단편의 형태로 회를 거듭하면서 개그맨에 가까운 캐릭터로 변신 중이다. 준코에게는 미안하지만, 그녀 덕분에 탐정 에노모토의 능력이 더욱 빛을 발하게 되었다고 할 수 있다.

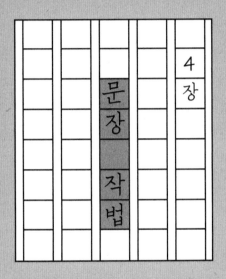

4장

문장작법

자	기		문	장	의											
습	관	을		파	악	하	라									

　소설을 쓸 때 필요한 능력 중 하나는 문장력이다. 정확한 언어를 구사하는 것은 물론이고, 넓은 의미에서 뛰어난 표현력이 필요하다. 아무리 훌륭한 구상력과 스토리가 있어도, 그것을 이해하기 쉽고 정확하게 전달하는 문장력이 없으면 독자를 만족시키기 어렵다.

　어떻게 해야 문장력을 기를 수 있을까?

　문화센터 등에서 소설에 대한 강의를 듣거나 문장수업을 듣는 것도 효과적이다.

　옛날부터 자주 사용되는 훈련법 가운데 하나가 좋은 작품을 모사하는 것이다. 좋은 작품을 베껴 쓰며 문체의 특징을 배우는 방법이다. 그렇게 하면 훌륭한 문장력이 몸에 어느 정도 배겠지만, 솔직히 얼마나 실천할 수 있을지 의문이다.

개인적으로 가장 효과적이었던 방법은 내가 쓴 문장을 여러 번 퇴고하는 것이다. 문장을 쓴 다음 잠시 시간을 두고 다시 읽어보면, 집필할 때는 알아차리지 못했던 여러 가지 부족한 점이 보인다.

오자와 탈자는 없는가?

내용은 순순히 머리에 들어오는가?

리듬감이 안 좋거나 읽기 힘든 부분은 없는가?

그런 걸 염두에 두고 계속 체크하다 보면 어떤 게 읽기 편한 문장인지 조금씩 알 수 있다.

문장이 길면 아무래도 한눈에 이해하기 어렵다. 그런 경우 문장을 나누어 서술하면 훨씬 읽기가 편해진다.

이런 일을 반복하다 보면 자신이 아무런 생각 없이 저지르는 습관들을 알게 된다. 나는 과도하게 복잡한 비유를 사용하곤 한다. 그리하여 차분한 마음으로 다시 읽어 보면 결국 내가 하고 싶었던 말을 제대로 전하지 못하는 경우가 발견되었다.

또한 전문적인 분야를 설명하려다 보니 문장이 딱딱해지기 일쑤였다. 쉽게 읽히도록 한자를 빼기도 하지만, 그로 인해 오히려 이해하기 힘들어지는 경우도 있었다.

중요한 건 자기 나름대로 그런 시행착오를 반복해 보는 일이다. 자신의 나쁜 습관이나 단점을 깨닫고 그것을 줄이려고 노력하는 일이, 문장력을 연마하는 가장 좋은 방법 아닐까?

첫		줄	을													
어	떻	게		써	야		할	까								

아이디어가 신선하고 플롯이 완벽해도 어떻게 시작해야 할지 막막한 경우가 있다. 원고지 수백 장의 장대한 스토리를 써야 한다고 생각하면 머릿속이 아득해진다.

나도 첫 줄 때문에 고생한 작품이 여럿 있는데, 그런 경험을 통해 깨달은 바가 있다. 도화선에 멋지게 불을 붙일 수 있느냐 없느냐는 결국 "자신이 얼마나 그 세계에 들어가 있느냐"에 달려 있다는 점이다.

『13번째 인격』을 쓸 때는 비교적 어렵지 않게 첫 줄을 썼다. 작품의 무대인 한신·아와지 대지진의 피해지역을 돌아다녔을 때의 기억이 선명하게 남아 있었기 때문이다. 깨진 벽돌조각이 산더미처럼 쌓여 있는 길거리 풍경뿐만 아니라, 뚜벅뚜벅 걸었던 구두 뒤축의 감각을 생생하게 기억했기에 재난 직후의 현실을 가슴으로 느끼며 몰입할 수 있었다.

　구두 바닥에 닿는 길바닥마저 비일상적인 느낌으로 다가왔다.

　발밑에는 갈라진 길바닥이 여기저기에서 불쑥 튀어 오르거나 움푹

꺼져 있고, 주변을 둘러보자 아스팔트 도로 전체가 거대한 파도처럼 일

렁였다. 유카리는 두꺼운 비브람 밑창의 트레킹 부츠를 신고도 울퉁불

퉁한 경사면에서 여러 차례 발을 삐끗거려 넘어질 뻔했다.　_『13번째 인

격』 중에서

　실제 경험에서 비롯된 정보를 살려 글머리로 매끄럽게 파고

들어갈 수 있었다.

　첫째 줄이 마땅하게 떠오르지 않아 글을 쓸 수 없다면, 그 세

계의 이미지를 아직 자기 것으로 만들지 못했기 때문인지도 모

른다. 그런 경우 설정이나 전개, 캐릭터에 대한 생각을 다시 한

번 차분히 함으로써 세계관을 완성시켜야 한다.

　독자의 마음을 사로잡기 위해 첫 줄에 너무 힘을 주다가는

자칫 마이너스로 작용하기도 한다. 엔터테인먼트의 경우, 쓸데

없는 묘사에서 벗어나 곧바로 본론으로 들어가는 게 정통적인

방법이라는 의견이 있을 정도다.

　내가 쓴 다른 작품의 글머리를 소개하겠다. 다짜고짜 배틀 장

면으로 시작하는 『다크 존』이다. 이것 역시 매끄럽게 써나간 한 가지 사례다.

눈을 뜬 주인공이 기이한 세계에 놓이고, 사태를 파악하지 못한 채 전투가 시작된다. 그곳이 어디인지, 앞으로 무슨 일이 일어날지 모르는 건 독자도 마찬가지다. 그런 혼란을 서로 공유하며 이야기 속으로 들어간다.

어두운 방 안에 뒤섞인 열여덟 명의 남녀. 우두커니 서 있는 열여덟 개의 그림자.

달이 뜨지 않았는지, 창밖은 혼돈으로 가득 찬 칠흑의 어둠이다. 방으로는 희미한 별빛마저 들어오지 않았으나, 모두 불꽃처럼 새빨간 오라에 감싸여 크기도 모양도 각기 다른 실루엣이 어렴풋이 떠올랐다.

손을 눈 위로 들어올려 오라를 가렸다. 오라는 심장의 고동소리에 맞춰 태양의 불길처럼 맥박 치며 활활 타올랐다.

나는 언제부터 여기에 있었는가?

왜 여기에 있는가?

여기는 어디인가?

모르겠다. 기억에 뿌연 안개가 낀 것처럼 아무것도 떠오르지 않는다.

그저 하나의 목소리만이 기억의 밑바닥에서 서서히 떠올랐다.

싸워라. 계속 싸워라.   _『다크 존(상)』 중에서

이렇게 다짜고짜 본론으로 들어가면 글머리에 집착할 필요가 없고 스토리로 자연스럽게 이어진다.

전체적인 골격을 파악했음에도 진척이 없는 경우 글머리를 건너뛰고 세부적인 내용부터 써보는 게 어떨까?

주인공의 출생을 설명하거나 무대에 대해 묘사하는 등 무엇이든 상관없다. 당연한 내용을 당연하게 쓰면서 어쨌든 이야기의 막을 여는 것이다.

그리고 퇴고할 때 사족이라 여겨지는 부분을 깨끗이 잘라내면 된다. 글을 쓸 때 가장 헛된 시간은 이런저런 고민 때문에 한 글자도 나아가지 못하는 상태다. 도움닫기라고 생각하며 일단 뭐든지 써야 한다.

첫 줄을 대사로 시작하는 작품도 적지 않다. 하지만 작가로서 어느 정도 힘이 생길 때까지는 그 방법을 권하고 싶지 않다. 아직 정체를 모르는 인물의 대사는 독자의 머릿속에서 그대로 빠져나가기 쉽다. 그로 인해 이야기 속으로 들어가기 힘들어질 수 있다.

개인적으로 좋아하는 작가나 작품의 첫 줄을 모두 적은 후 다양한 표현법을 연구해 보는 것도 유익하다. 자신이 좋아하는 스타일을 파악하면 머리를 감싼 채 쓸데없이 고민하지 않아도 된다.

엔	터	테	인	먼	트	의		생	명	은						
편	하	게		읽	히	는		것								

읽기 편한 문장이란 무엇일까? 이것을 결정하는 요소는 한두 가지가 아니다. 하지만 엔터테인먼트 글쓰기의 첫 번째 조건은 모든 사람이 스트레스를 느끼지 않고 읽는 것이라 생각한다.

독자 입장에서 편하지 못한 문장에는 몇 가지 특징이 있다.

한자나 어려운 숙어가 자주 등장한다.

빙빙 돌려 설명한다.

특별한 의미도 없는데 문장이 길다.

그런 글을 만나면 독자는 책에서 눈을 떼게 되고 이야기에도 빠지지 못한다.

어려운 말을 쉽게 하기 위해서는 어휘가 풍부해야 한다. 어휘력이 풍부한 사람은 무심결에 어려운 단어를 사용하려는 습성이 있다. 하지만 소설을 쓸 때는 '이해하기 쉽도록' 다양한 어휘를 활용해야 한다. 같은 상황을 설명하더라도 다른 표현이 없는지 생각해 보기 바란다. 유의어 사전을 찾아보는 것도 한 가지 방법이다. 나 또한 필요할 때마다 참고하고 있다.

어휘를 늘릴 수 있는 가장 좋은 방법은 역시 책을 많이 읽는 것이다. 이왕이면 좋아하는 작가의 작품을 읽기 바란다.

국어사전을 통째로 외우는 방법에는 고개가 갸웃거려진다. 노력 대비 효과가 미미하기 때문이다. 오히려 수많은 걸작들의 감동적인 장면에 등장하는 표현을 머릿속에 통째로 입력하는 게 응용하기에도 좋지 않을까?

생각만큼 좋은 문장을 쓰지 못더라도, 자신의 어휘가 치명적으로 부족한 게 아닐까 하고 비관할 필요는 없다. "작가답게 굉장한 표현을 사용하겠다"는 의욕이 헛도는 상황일 수 있다.

줄바꿈의 적절한 타이밍

여러 작품을 읽다 보면 작가에 따라 줄바꿈 빈도나 타이밍이 다르다는 사실을 알 수 있다. 책을 펼쳤을 때 한 문단이 너무 길면 숨이 막히고 책이 답답해 보인다. 반대로 줄바꿈이 지나치면 구멍이 숭숭 뚫린 듯해 허전한 인상을 준다.

줄바꿈의 적절한 타이밍은 언제일까? 여기에 명확한 규칙은 없다. 판단 기준은 어떻게 해야 독자가 편하게 읽을 수 있느냐이다.

특별한 사정을 설명하거나 긴장감을 유지하며 단숨에 읽었으면 하고 바라는 곳에서 문단이 길어지기 쉽다. 하지만 줄바꿈이 적은 페이지는 독자 입장에서 숨이 막힌다. 따라서 등장인물의 대화를 슬쩍 끼워 넣는 등의 방법으로 가급적 문단을 나누어 주는 것이 좋다.

요즘의 젊은 세대는 활자가 빼곡한 상태에 거부감을 느낀다. 어쩌면 읽지 않고 그대로 치워 버릴지도 모른다. 그런 일을 막기 위해서라도 적당히 줄을 바꿔 주어야 한다.

다른 장르에 비해 역사소설의 경우 비교적 줄을 자주 바꾼다. 당시의 날씨나 상황을 강조하기 위해 "비"라고 쓰고 줄을 바꾸거나, 해당 장면에서 주인공이 느낀 전율을 "섬뜩"이라는 한마디로 표현하기도 한다. 그 자리의 상황이나 분위기를 일일이 말로 설명하기도 하지만, 한마디 표현으로 오히려 극대화시킬 수 있다. 작가의 문장력이나 표현력은 그런 부분에서도 나타나는 법이다.

줄바꿈의 타이밍 역시 좋아하는 작가의 문장을 꾸준히 읽으면 저절로 깨닫게 된다. 그 작가의 리듬과 숨결이 기분 좋게 느껴지면 그대로 따라해 보기 바란다. 그러다 보면 점차 자신만의 감각을 익히게 될 것이다.

소	설	의		기	본	은									
3	인	칭		1	시	점									

소설에는 반드시 작가의 시점이 존재한다. 등장인물의 시점일 때도 있고, 등장인물이 아닌 3자의 시점에서 이야기가 진행될 때도 있다. 작가의 시점이 흔들릴 경우 읽기가 어렵고 이해하기도 힘들다. 시점은 엄격하게 지켜져야 할 규칙 가운데 하나다.

앞에서도 말했지만, 나는 3인칭 1시점을 기본으로 삼아야 한다고 생각한다. 이는 곧 3자적 시점이다. 『신세계에서』에서는 주인공인 사키의 모습을 표현할 때 "사키는 ~을 했다" "사키는 ~처럼 보였다"는 식으로 서술했다. 이것이 3인칭이다.

이런 경우 "사키는 슬펐다"고 표현하면 안 된다. 슬픔은 개인의 감정이므로 3자가 주관적으로 판단할 수 없다. 이것이 시점의 흔들림이고 시점의 휘청거림이다. 그러면 어떻게 해야 할까? 3자의 위치에서 "사키는 슬픈 표정을 지었다"고 써야 한다.

조심해야 할 것이 더 있다. 사키를 중심으로 세계관이 묘사되므로, 그 당시 사키가 모르는 정보를 지문에 써서는 안 된다.

예를 들어, 주인공이 처음 만나는 상대에게 "이토입니다"라고 자기 이름을 말하는 경우가 있다. 엄밀하게는 듣기만 한 장면이므로 "그런데 이토(伊藤) 씨는……"이라고 한자를 같이 쓰면 이상해진다. '伊藤'인지 '伊東'인지 '糸生'인지 이름만 밝힌 단계에서는 알 수 없기 때문이다.

물론 이 정도는 생략하는 편이 리듬감을 유지할 수 있다는 의견도 있다. 내용에 따라 의식적으로 묘사를 삭제하는 건 괜찮지만, 그런 전제가 있다는 사실은 알아야 한다.

신인상을 심사할 때 시점이 흔들리면 감점 대상이 된다. 심사위원 가운데는 시점에 엄격한 사람이 많다. 실제로 문학상의 심사평을 살펴보면, 얼마 전까지만 해도 시점을 지적하는 일이 많았다.

최근에는 프로 작가들도 시점에 대한 엄격한 적용이 다소 느슨해진 듯하다. 하지만 최소한의 선은 존재한다. 한 장면에서 여러 시점이 뒤섞이면 독자가 혼란을 느끼게 된다.

신인상의 1차 내지 2차 심사까지는 통과하지만 최종심사에 이르지 못하거나 수상하지 못한다면, 작품을 끌어가는 시점에 문제가 없는지 살펴보기 바란다. 시점을 통일하면 표현 또한 좋아져 편안히 읽히는 작품이 될 것이다.

지금도 많은 사람들이 최고라고 손꼽는 SF 작품으로 로버트 하인라인(Robert A. Heinlein. 미국의 공상과학 작가)의 『여름으로 가는 문』이 있다.

하인라인은 작가가 되기 전 수많은 직업을 경험하면서 인간과 조직을 자세히 관찰했다. 그래서인지 꼼꼼한 인물 묘사로 유명하다. 무슨 일이 생겼을 때 사람과 조직이 어떻게 움직이는지에 대한 묘사 역시 작가 지망생들이 눈여겨봐야 한다.

『여름으로 가는 문』은 그런 하인라인이 쓴 판타지 소설이다. 가슴 아픈 실연과 배신으로 마음이 얼어붙은 주인공은 어느 날 냉동수면보험이라 쓰여진 네온사인을 보다 타임슬립을 한다. 미래세계에 도착한 그는 새로운 환경에 대한 지식을 습득하기 위해 일단 도서관으로 향한다.

판타지지만 디테일을 잘 살려 주인공과 독자가 동일한 시선으로 정보를 수집하게 된다. 현실과 동떨어진 무대에서 이야기가 전개되지만, 그런 점이 현실에 기반한 세계관을 만들어내며 수많은 독자들의 공감을 얻었다. 시점의 기본을 충실히 지키면 이런 효과가 저절로 생겨난다.

소설 작법에 관한 책들을 보면 "초보자는 1인칭으로 쓰는 게 좋다"고 언급되기도 한다. 하지만 에세이와 달리 소설을 1인칭으로 쓰기는 쉽지 않다. 1인칭일 경우, 주인공의 시야에 들어오는 정보만 그릴 수 있기 때문이다.

모든 묘사가 당사자의 필터를 통해 이루어지므로, 단순히 풍경을 이야기할 때도 캐릭터의 성격에 맞춰 그릴 수밖에 없다. 모래밭에 앉아 바다를 바라보는 장면일 경우, 해당 캐릭터가 바다를 좋아하느냐 싫어하느냐에 따라 묘사가 달라진다. 만약 과거에 해난사고를 당한 경험이 있다면 파도에 대한 묘사는 또 바뀔 것이다. 그런 기술적인 문제뿐만 아니라 이야기가 진행될수록 더 많은 장벽에 부딪칠 가능성이 높아진다.

물론 문장을 쓸 때는 1인칭이 편하다. 하지만 명확한 목적 없이, 오직 쓰기 쉬워서라면 권하고 싶지 않다.

그보다 더 추천하고 싶지 않은 것이 2인칭이다. "당신은……" "넌……"이라는 시점으로 상황을 계속 끌어가기란 프로 작가에게도 상당히 어려운 일이다. 그런 작품이 간혹 눈에 띄는데, 성공한 사례는 손가락으로 꼽을 정도다.

프레드릭 브라운(Fredric Brown. 미국 코믹 SF의 거장)의 『새하얀 거짓말』이라는 단편집에 2인칭으로 쓰여진 「뒤를 보지 마」라는 작품이 있다. 설정 자체가 잠에서 깨어난 인물에게 주는 메시지이므로 2인칭을 사용해야 하는 필연성이 존재한다. 또한 그것이 매우 효과적인 선택이었음을 읽어보면 금방 알 수 있다.

이는 프레드릭 브라운의 필력이 만들어낸 명작으로, 필력에 자신 있는 사람이 아니라면 피하는 것이 좋다고 생각한다.

단	숨	에		읽	게		하	는									
가	독	성	의		정	체											

"밥 먹는 것도, 잠자는 것도 잊고 단숨에 읽었다"는 말은 작가에게 최고의 찬사다. 나도 소설의 그런 매력에 빠져 작가의 길을 선택했다. 침식을 잊고 정신없이 빠질 만한 작품을 쓰고 싶다는 건 모든 작가의 공통적인 바람일 것이다.

가독성(readability)을 좋게 하는 비결 가운데 대립구조를 만들거나 수수께끼를 여럿 만드는 방법이 있다. 중요한 건 독자의 긴장감을 시종일관 유지시키고, 보조장치를 효과적으로 작동하는 동시에 메인 엔진에 불을 붙여 끝까지 단숨에 읽게 하는 일이다.

지금도 내게 바이블 역할을 하는 작품으로 야마다 후타로(山田風太郎)가 쓴『고가닌포초(甲賀忍法帖)』가 있다. 도쿠가와 3대 장군의 자리를 두고 고가와 이가의 닌자들이 비술을 한껏 구사하며 싸우는 인술(忍術) 활극인데, 양쪽 모두 마술이나 마법에 가까운 기술을 사용한다. 토해낸 점액으로 상대를 잡거나, 집어삼킨 창을 목으로 내밀어 상대를 잡기도 한다. 또한 죽은 후 다시 부활하는 닌자도 있다. 따라서 리얼리티는 거의 없다고 봐도 무방하다.

이 소설은 A라는 닌자의 천적이라 할 수 있는 B라는 닌자를 등장시키는 식으로, 캐릭터의 상관관계를 치밀하게 설계했다는 장점이 있다. 세밀한 대립축을 설정함으로써 현실과 동떨어진 싸움에도 절묘한 균형이 자리하는 등, 기발한 착상이나 역동적인 묘사 뒤에 완벽하게 계산된 구성이 존재한다.

나를 SF에 빠지게 만든 시어도어 스터전(Theodore Sturgeon. 미국 SF 작가)의 『인간을 넘어서』도 빼놓을 수 없는 작품이다. 초능력을 감춘 초인류 이야기인데, 세 가지 중편으로 하나의 장편소설을 이루는 형식이다.

1장에서는 초능력을 감춘 지적 장애인 이야기를, 2장에서는 엄청난 지성을 보유한 갓난아이의 이야기를 담고 있다. "도대체 무슨 이야기일까?" 하고 당황하며 정신을 차리려는 순간 독자는 이야기에서 눈을 뗄 수 없게 된다. 이시노모리 쇼타로(石ノ森章太郎)는 이 작품의 영향을 받아 『사이보그 009』를 그렸다.

여러 초능력자가 등장하는데, 그들이 집단을 이루어야 비로소 하나의 인격이 만들어진다는 설정이 훌륭하다. 뿐만 아니라 그 과정에서 인간 정신의 어두운 면을 날카롭게 파헤치고 있다.

이 작품에서 내가 배운 것은 "머릿속에 떠오른 이야기는 어떤 내용이라도 써보는 게 중요하다"는 점이다. "이걸 쓰면 차별한다고 비난받을지도 모른다"거나 "아무리 픽션이라도 설정이 지나치면 비판받는다"는 생각에 스스로 브레이크를 걸 필요가 없다.

어떤 것이라도 일단 문장으로 만들어본 후 퇴고할 때 심사숙고하면 된다. 아무리 생각해도 안 되겠다고 판단되면 그때 삭제하시라. 발상을 제한하면 스스로 히트의 씨앗을 버리는 일이 될 수 있다. 또한 문장이 위축되면서 자신도 모르는 사이 가독성이 떨어진다.

가독성에 대해 언급하니, 초등학교 여름방학 때 정신없이 읽던 요시카와 에이지(吉川英治)의 『삼국지』가 떠오른다. 무더위가 기승을 부리는 가운데 냉방이 잘된 방에서 『삼국지』에 빠져드는 건 당시의 내게 최고의 행복이었다. 역사소설에서는 어딘지 모르게 지성의 향기가 배어나는 듯해 어린 마음에 더 뿌듯했던 것 같다. 실제로 나는 이 소설을 통해 중국 고대사와 많은 한자를 배웠다.

그의 작품은 멜로드라마풍이라서 스토리가 머릿속에 잘 들어오고 이해하기 쉽다는 특징이 있다. 삼국지를 소재로 글을 쓴 작가는 요시카와 에이지 말고도 여럿이다.

『수호전』도 마찬가지다. 어떤 계기를 통해 작가의 손에 이끌리듯 이야기 속으로 들어가 매력적인 캐릭터들을 만날 수 있었다. 정에 호소하며 영토를 확장했지만 교활한 일면을 가진 유비. 그와 대조적으로 천재 군사의 이름을 마음껏 떨친 제갈공명. 머리가 탁월한 제갈공명과 매력적인 유비가 대결하면 누가 이길까 하는 생각에 흥미로움이 배가되기도 했다.

당시 초등학생이었던 나는 이런 구도에 빨려들어가 세계의 축소판을 온몸으로 느꼈다. 그리고 그들의 일거수일투족에 가슴이 두근거렸다.

삼국지는 요코야마 미쓰테루(橫山光照)의 만화도 유명하다. 하지만 소설에는 그림이 없으므로 상상의 날개를 더 활짝 펼칠 수 있다.

| 가 | 독 | 성 | 을 | | 염 | 두 | 에 | | 둔 | | | | | | | | | |
| 『 | 악 | 의 | | 교 | 전 | 』 | | | | | | | | | | | | |

문장이나 문체는 소설에서 중요하다. 독자는 매우 예민한 존재다. 어딘가 한 군데라도 걸리는 곳이 있으면 바로 가독성에 빨간 불이 켜진다. "어?" 하며 위화감을 느낄 때마다 책에 대한 관심과 독서 속도가 눈에 띄게 떨어진다.

문장은 자전거를 탈 때처럼 제대로 속도를 내기 시작하면 점점 안정을 찾는다. 일정한 속도를 유지하기 위해서는 묘한 말투나 현실과 동떨어진 캐릭터를 멀리해야 한다.

내 작품 가운데 『악의 교전』은 처음부터 단숨에 읽을 수 있는 엔터테인먼트를 목표로 삼았다. 따라서 의식적으로 한자를 적게 쓰고 문장들을 간결하게 마무리했다.

그런 한편으로, 주인공인 하스미 세이지에게 독자들이 너무 많은 공감을 느끼게 해서는 안 되는 어려움이 있었다. 공감능력이 결여된 하스미의 인간성이 스토리의 핵심이었기 때문이다.

그래서 나는 장별로 하스미를 다르게 묘사했다. 1장에서는 하스미가 뭐든지 할 수 있는 호감도 높은 인물로 그려지지만, 다음 장부터는 조금씩 음침한 쪽으로 바뀐다.

다음은 동료교사인 소노다와 학부모 사이의 문제를 중재하기 위해 하스미가 소노다를 술집으로 불러 설득하는 장면이다.

"소노다 선생님, 이렇게 말씀 듣기를 정말 잘했습니다. 역시 선생님은 우리 학교에 꼭 필요한 분이라는 확신이 드는군요."

소노다는 술잔을 내려놓고 커다란 눈으로 하스미를 쳐다보았다.

"하스미 선생님이 무슨 말을 하고 싶은지는 잘 압니다. 그래서 오늘 이렇게 나오라고 하신 거지요? 하지만 전 체벌에 대해 미안하다고 사과할 의향이 없습니다! 제 신념에 반하는 일이니까요."

"물론입니다."

하스미는 즉시 대답했다.

"네? 무슨 뜻이죠?"

소노다는 뭔가에 홀린 듯한 표정을 지었다.

"선생님이 나루세를 때린 것에 대해 사과하실 필요는 전혀 없다는 뜻입니다. 분명히 원칙적으로 체벌은 전면 금지돼 있지요. 하지만 그렇게 하면 요즘 아이들이 말을 들을까요? 일시적인 감정의 폭발이 아니라, 마음속 깊이 아이들을 걱정하면서 가하는 체벌은 사랑의 매입니다. 아이들이 잘못된 길로 가려고 할 때, 사랑의 매를 사용함으로써 바른 길로 인도한다면 나중에 반드시 고마워할 겁니다."

소노다는 고개를 크게 끄덕였다.

"하스미 선생님께서 그렇게 생각하시는 줄은 몰랐습니다. 제 마음을 이해해 주시는군요."

건너편에서 황당하다는 듯 입을 벌리는 다우라의 모습이 보였다. 하스미가 평소 학생들에게 했던 말과 180도 달랐기 때문이다.

"꼭 필요한 체벌을 선생님께서 일부 대신해 주는 건데, 저희 교사들이 아무 생각 없이 반대했던 것 같습니다. 저부터 반성해야 할 일입니다."

"하지만, 이건 말이죠, 하스미 선생."

사나다가 술에 취한 채 무슨 말인가를 하려 했지만, 다우라가 가로막았다.

"아니, 잘 알겠습니다. 저도 오늘 하스미 선생님의 생각을 알게 되어 기쁩니다. 그런데 이번 일은 어떻게 처리하실 생각입니까? 나루세의 부모님이 꽤 강경하다고 교장선생님께서 그러시던데요."

"네, 그러니까 소노다 선생님께서 사과하셔야 합니다."

"뭐라고요?"

소노다가 눈을 번뜩이며 험악한 표정을 지었다.

"조금 전에 사과할 필요가 없다고 하셨잖습니까?"

두 사람을 제외한 모든 사람이 긴장한 표정으로 상황을 지켜보았다. 래 빗펀치 안의 기온이 단숨에 10도 정도 내려간 듯했다.

"네. 선생님이 나루세를 때린 건 사과할 필요가 없습니다. 하지만 상처 를 입힌 부분에 대해서는 이야기가 달라집니다."

하스미는 태연하게 말을 이었다.

"감정을 이기지 못해 화풀이한 게 아니라 냉정하게 학생을 지도하기 위 한 체벌이라면, 당연히 다치지 않게 신경써야겠지요. 실례를 무릅쓰고 말 씀드립니다만, 학생의 눈가가 찢어져 피를 흘릴 만큼 체벌했다면 문제 아 닐까요? 더구나 소노다 선생님 같은 가라테의 달인이 어쩌다 그처럼 어설 프게 때리셨는지, 지금도 이해가 되지 않습니다."

잠시 무거운 침묵이 이어졌다. 사람들은 마른침을 삼키며 상황을 지 켜보았다.

"아마추어에게 어설프다는 소리를 듣는 건 속이 상하지만, 뭐 사실이 니 어쩔 수 없군요."

소노다의 말에 웃음기가 담겨 있었다. 그제야 모두들 안심하며 가슴 을 쓸어내렸다.

"손바닥으로 머리를 때리려는 순간, 나루세가 피하려고 머리를 뒤로 젖 히는 바람에 눈가를 스치게 됐습니다. 뭐 그 정도 움직임을 간파하지 못한 건 아직 제가 부족하기 때문이겠지요."

"보통 머리를 때리려고 하면 고개를 숙이던데 오히려 뒤로 젖히다니. 요즘 애들은 무슨 생각을 하는지 도대체 모르겠다니까요."

옆에 있던 고전교사 이하라 히사시가 말했다. 수업 때와 마찬가지의 온화한 말투 덕분에 분위기가 누그러졌다.

"알겠습니다. 나루세에게 상처를 입힌 부분에 대해선 사과하죠."

소노다의 태도는 무도인답게 명쾌했다.

"다만 체벌 자체에 대해서는 신념을 굽힐 생각이 없습니다."

"고맙습니다!"

하스미는 고개를 깊숙이 숙였다. _「악의 교전(상)」 중에서

완고한 소노다의 자존심을 지켜주면서 그 자리를 마음대로 조종하는 하스미. 그가 얼마나 교활한지를 보여주는 에피소드다. 나는 이런 장면을 통해 하스미가 능력 있는 교사라는 이미지를 독자에게 심어주었다.

아무리 감정이입하기 어려운 주인공이라도 이야기가 시작되면 독자는 그 다음을 알고 싶어하는 법이다. 그래서 나는 일단 공감대를 형성해 독자를 끌어들인 뒤, 주인공에 대한 이미지를 조금씩 바꾸는 방법을 선택했다.

『악의 교전』은 클라이맥스를 향해 흘러갈 때까지 독자의 시선을 끌 수만 있으면, 결말까지 단숨에 가져갈 수 있으리라는 계산으로 만들어낸 작품이다.

문장의 완급을 조절하는 법

　가독성을 높이기 위해서는 구성뿐만 아니라 문장 작법도 중요하다. 한 문장이 너무 길면 독자가 스피드를 낼 수 없고, 에두른 표현이나 어려운 말을 많이 사용하면 리듬감이 떨어진다.

　문장에서 말하는 스피드는 어디까지나 '쓰는 스피드'가 아니라 '읽는 스피드'다. 물론 상황을 설명하기 위해 긴 문장이 필요하거나, 단문으로 자르지 않는 게 효과적인 장면도 있다. 다음 단계는 문장의 완급이다.

　어미를 예로 들어보자. 세계관에 관한 설명이 길게 이어지는 건 어쩔 수 없지만 "~이다"라는 문장이 계속 반복되면 단조롭다는 인상을 피하기 어렵다. 그런 경우 명사로 마무리하거나 다른 표현으로 바꾸는 등 변화를 주어야 한다.

　하지만 클라이맥스가 다가오면 단숨에 독자의 속도감을 높이는 것이 좋다. 그런 경우 일부러 "~했다"는 식의 짧은 문장을 연속적으로 사용해 기분 좋은 속도감을 연출하기도 한다. 등장인물이 뭔가를 목격하고 "아!" 하고 느꼈던 순간을 간결하게 잘라내 표현하는 방법이다.

　대단히 절박한 장면에서 무언가를 발견한 주인공이 "저건

○○일까?"라고 느긋하게 생각한다면 오히려 부자연스럽다. 때로는 그의 눈에 띈 물체를 문장으로 만들지 않고 단어 하나로 툭 던지는 방법도 효과적이다.

폭탄이 폭발하는 장면에서 "쾅 하고 귀를 찢는 소리가 들렸다"는 식으로 의성어를 섞어 묘사하거나, "반들반들한 감촉이……" 하는 식으로 의태어를 사용하기도 한다.

의성어나 의태어의 사용에는 옛날부터 찬반양론이 있었다. 미시마 유키오(三島由紀夫)는 『문장독본』을 통해 그런 표현이 문장의 품격을 떨어뜨린다며 반대했다. 최근의 신인상 심사에서도 만화적 표현에서 벗어나지 못했다며 감점을 당하는 일이 종종 있었다.

하지만 나는 의성어나 의태어를 적절하게 사용하면 특별한 효과를 얻을 수 있다고 생각한다. 이것만큼 직접적으로 이미지를 전하는 표현방법이 없기 까닭이다.

중요한 것은 균형이다. 전쟁터에서의 전투장면을 그릴 때 "콰광!" "두두두두" "푸슝" 등의 단어가 지나치게 많이 들어간다면 읽기 편한 작품이라고 할 수 없다. 미시마 유키오가 지적한 것처럼 수준 높은 문장으로 보이지 않는 것도 사실이다.

무의식중에 의성어나 의태어에 기대고 싶어하는 마음은 충분히 이해가 간다. 하지만 그런 단어를 사용하지 않아도 멋지게 표현할 방법은 얼마든지 있다. 소리를 리얼하게 전달하려고 기묘한 표현이나 이상한 비유를 사용하는 건 본말전도의 상황이다. 가급적 단순하고 이해하기 쉬운 단어를 찾아야 한다.

액션 장면이 많은 엔터테인먼트 소설을 읽으며 구체적인 모습을 활자로 어떻게 나타내는지 살펴보길 바란다. 그런 다음 자신만의 서랍에 그러한 다채로운 표현들을 넣어두자. 표현력을 기르는 데 많은 도움이 될 것이다.

소	설	의		본	질	은								
대	사	가		아	니	라		지	문	이	다			

최근 신인상 응모작들을 보면서 느낀 점이 있다. 좋은 의미든 나쁜 의미든 시나리오스럽다는 것이다.

문장에 대화 비율이 높고 지문보다 대사를 이용해 스토리를 전개하는 작품이 많다. 이는 곧 지문을 경시하는 듯한 작품이 자주 눈에 띈다는 의미다.

등장인물의 대화로 상황을 설명하는 방법은 작가 입장에서 편하기도 하고 쓰기 쉬운 측면도 있다. 따옴표로 묶여 있기 때문에 특별한 설명 없이 문장에 끼워 넣어도 바로 대화임을 알 수 있다.

아무리 그렇다 해도 소설이 대사 중심의 시나리오처럼 되어서는 안 된다. 간혹 캐릭터의 대사만으로 상황을 설명하려는 작품이 적지 않다. 하지만 소설에서 대사는 어디까지나 일부분이다. 그것만으로 이야기가 진행될 수 있겠는가? 대사에 지나치게 의존할 경우 이야기가 진행되고 있다는 느낌이 약해질 수 있으므로 주의해야 한다.

때로 좋은 효과를 나타내기도 하지만, 아마추어 수준의 원고에서 대사가 많아지면 오히려 역효과를 초래하기 쉽다.

대사가 많아지는 건 캐릭터의 개성을 드러내려 할 때 자주 발생하는 일이다. '느긋한 캐릭터'인 경우 어미를 독특하게 표현하듯이, 대사를 조금만 가공하면 얼마든지 다양한 개성을 연출할 수 있다. 따라서 캐릭터에 개성을 부여하기 위해 자기도 모르게 대화체를 많이 사용하거나 대사로 상황을 설명하려 한다.

캐릭터의 개성을 돋보이게 하는 건 나쁜 일이 아니다. 하지만 대사에 의존하는 건 좋지 않다. 독자에 대한 설명은 가급적 지문으로 처리해야 한다는 게 내 지론이다. 특히 최근에는 작품에 들어가는 정보가 점점 복잡해져, 설정이나 장면을 어떻게 설명하느냐에 따라 작가의 실력이 드러난다.

신인상에 응모할 때는 심사위원이 "이 사람은 소설이 뭔지 알고 있군" "소설이라는 형식을 제대로 이해하고 있군" 하고 생각하게 만들어야 한다.

소설의 본질은 어디까지나 지문임을 잊어서는 안 된다.

| 장 | 르 | 에 | | 따 | 라 | | | | | | | | | |
| 문 | 체 | 를 | | 바 | 꿔 | 야 | | 하 | 나 | | | | | |

미스터리물과 호러물이 있다고 하자. 두 작품을 쓸 때 문체를 서로 다르게 해야 할까? 이것 역시 작가 지망생들에게 자주 받는 질문이다.

이에 대한 나의 대답은 그럴 필요가 없다는 것이다. 나는 데뷔할 때까지 일본호러소설대상에 몇 년 동안 계속 응모했다. 하지만 호러라고 해서 문체를 바꿔야 한다고는 생각하지 않았다.

장르에는 대전제가 한 가지 있는데, 획일적인 하나의 기준으로 나눌 수 있는 것이 아니라는 점이다. 장르를 정하는 건 기법이자 구조이기 때문이다.

호러 소설은 독자에게 공포를 안기는 것에 중점을 둔다. 예전부터 전해 내려오는 괴담도 있고, 사이코 호러나 바이오 호러도 그러한 범주에 속한다. 소재나 주제가 완전히 다르지만 말이다.

작품에 내포된 주제나 내용에 상관없이 독자를 두려움에 떨도록 만들었다면 호러라는 이름으로 묶이게 된다.

혹시 문체를 바꿔야 한다면, 장르가 아니라 작품이 지향하는 목적에 따르는 것이어야 한다. 남녀노소를 가리지 않고 폭넓은 독자층을 지향하는 작품이라면 가급적 쉬운 표현을 사용해야 한다. 또한 단숨에 읽을 수 있는 엔터테인먼트를 지향한다면 간결하고 리듬감 있는 문장이어야 한다.

장르라는 틀에 집착하기보다 '이해하기 쉽고 재미있는 작품'을 쓰기 위해 최선을 다하라. 그러기 위해서는 좋은 문장을 쓰도록 노력해야 한다. 그러한 자세가 몸에 배면 어떤 장르에서도 통하는 작품을 쓸 수 있지 않을까?

독	특	하	고		멋	진		표	현	에						
목	숨	걸	지		마	라										

특별한 상황 내지 현상을 표현하거나 좋은 분위기를 연출하고 싶을 때, 다양한 형용사로 문장을 꾸미고 싶은 마음이 들기도 한다. 하지만 표현에 집착하면 문장을 읽기가 더 어려워질 수 있다.

나는 문장이 단순할수록 좋다고 생각한다. 적어도 엔터테인먼트 분야 신인상에서 "내용은 다소 아쉽지만 표현력이 뛰어나니 상을 주자"는 식의 상황은 있을 수 없다.

그런 면에서 멋진 표현을 장점으로 내세우려는 작전은 마이너스적 요소가 더 많다. 훌륭한 문장으로 어필하려 하지 말고, 어떻게 하면 내용면에서 감점을 받지 않을지 고민해야 한다.

특히 위험한 것이 비유적 표현이다. 글을 쓰다 보면 재치 있는 비유가 머릿속에서 번뜩일 때가 있다. 그것이 정말로 멋진 표현이라면 이미 누군가 사용했을 것이다. 그런데 지금까지 아무도 사용한 적이 없다면 그럴 만한 이유가 있다고 생각해야 한다. 현실적으로 입이 떡 벌어질 만큼 참신한 비유는 그렇게 자주 태어나지 않는다.

비유 중에서 '~처럼' 하고 사용되는 직유는 비교적 무난하다. 하지만 그것이 지나치면 문장이 너저분해진다.

최근에는 일상대화 속에서 부사구에 비유를 넣는 일이 많아지고 있다. 귀로 들었을 때는 괜찮을지 모르지만, 글로 보면 어색하게 느껴져 감점대상이 될 수 있다. 기발한 발상을 자랑하고 싶겠지만 오히려 역효과를 초래할 뿐이다.

누구나 이해하기 쉽도록 평이한 표현을 사용하는 것이 결과적으로 소설 수준을 높인다. 문장력을 기르는 일은 중요하다. 하지만 독특한 표현을 떠올리기 위해 머리를 짜내기보다 아이디어를 응축시키려 노력하는 편이 더 낫지 않을까?

장	편	소	설		완	성	을		위	해						
필	요	한		것												

400자 원고지 300매에서 500매짜리 장편소설을 완성하기란 생각만으로도 정신이 아득해지는 어려운 작업이다. 장편소설에 비해 단편소설 공모전 응모작이 압도적으로 많은 것에서 알 수 있듯이, 분량에 압박을 느끼는 사람이 적지 않다.

그렇다고 "어떻게 하면 매수를 늘릴 수 있을까?" 하고 생각해서는 안 된다. 수백 장을 채워야 한다는 생각에 서두가 장황해지기도 한다. 그래서는 걸작이 태어날 수 없다.

소설을 쓸 때 가장 중요한 건 이해하기 쉬워야 한다는 점이다. 단편이나 쇼트쇼트 중에는 지면에 여유가 없으므로 다짜고짜 핵심에 가까운 장면부터 들어가는 경우가 많다. 하지만 이런 작품 역시 대하소설을 쓴다는 마음가짐으로 시작하는 게 좋다.

정말로 쓰고 싶은 테마가 있다면 400자 원고지 500매라도 부족하지 않을까? 오히려 장편소설이기 때문에 어떻게 하면 군살을 빼고 간결하게 마무리할지 지혜를 짜내야 한다.

1장에서 장편은 단편의 집약체나 마찬가지라고 말했다. 실사 영화를 만들 때 특수한 경우를 제외하고 카메라 한 대를 계속 돌려 찍는 작품은 거의 없다. 반드시 장면이나 시점의 전환이 있고, 그것이 긴 이야기의 악센트가 된다.

소설 역시 마찬가지다. SF 작품에 수여하는 휴고상이나 네뷸러상 수상작에서 흔히 볼 수 있듯, 일단 단편으로 상을 받고 그 작품이 반향을 불러일으키면 속편을 쓰는 등 한 편을 하나의 장(章)으로 구성해 장편으로 만드는 패턴이 있다. 단편으로 높은 평가를 받으면, 독자들이 그런 세계관이나 관련된 이야기를 더 읽고 싶어하기 때문이다.

그런 측면에서 장편소설의 원점은 연작 단편소설집 형태에 있다고 생각한다. 각각의 장이 독립된 단편소설로도 가능하도록 구성해 독자에게 만족감을 준다면, 저절로 수준 높은 단편을 쓸 수 있게 되지 않을까?

다만 예외는 있다. 대니얼 키스의 명작 『앨저넌에게 꽃을』도 처음에는 단편으로 발표되었다. 하지만 이 작품은 연작형식으로 부풀려진 장편이 아니다.

나는 전근이 잦은 아버지 때문에 어린 시절 종종 학교를 옮겨야 했다. 그런데 독일의 국제학교에 다니던 중학교 때 이 작품이 영어 교과서에 실려 있었다. 당시 장편소설을 원문으로 읽기가 벅차 일본어 번역서를 이용했는데, 단편의 정수를 절묘하게 사용해 장편으로 만든 것에 놀랐다. 캐릭터의 심리나 디테일을 두루 자세히 다룸으로써 한층 읽을 맛이 나는 작품으로 승화된 듯하다. 이런 식으로 장편을 만드는 건 매우 드문 유형이다.

엔터테인먼트의 기본 구조가 이른바 기승전결이라는 건 틀림없는 사실이다. 장편에 익숙해지기 전에는, 원고지 100매를 목표로 기승전결이 성립되도록 의식적으로 써보기를 권한다. 그것을 네다섯 번 반복하다 보면 제법 균형 잡힌 장편이 완성될 것이다.

물론 기승전결의 반복에 집착할 경우 어떻게 구성해야 할지 고민스러운 부분도 분명히 생겨난다. 군이 매번 기승전결의 사이클 안에서 마무리할 필요는 없다. 모든 복선을 마지막 장이 끝나기 전까지만 수습하면 된다. 때로는 수습되지 않은 복선이 다음 작품의 '계기'로 이어지기도 한다.

어느 정도 익숙해지면 최초의 사이클에서 결(結) 부분을 의도적으로 생략하는 테크닉도 구사하게 된다. 그 부분은 경험에 의해 습득이 가능하다.

장	편	용		소	재	와										
단	편	용		소	재											

아이디어 메모 단계에서 장편용과 단편용 소재는 무엇이 어떻게 다를까?

가장 큰 차이는 아이디어의 중량감이라고 생각한다. 소재가 얼마나 확장성을 가지는가? 개인의 이야기인가, 조직의 이야기 인가?

인류 전체의 존망에 관한 테마거나 지구의 판구조론을 논하는 작품이라면 원고지 수십 장의 단편으로는 표현하기가 어렵다. 이와 반대로 작은 스케일의 테마를 장편으로 부풀리는 것 역시 쉬운 일이 아니다(물론 이 경우는 장편의 한 가지 소재로 활용할 수 있다).

소재의 중량감을 잘못 판단하면, 앞에서 말한 것처럼 "어떻게 해야 매수를 채울 수 있을까?"하는 생각으로 이어지게 된다. 때로는 본줄기와 직접적인 관계가 없는 대화로 종이를 낭비하거나, 의미 없는 방향으로 문장이 탈선하는 일도 생겨난다.

이런 경우 시리즈의 캐릭터를 등장시켜 일종의 팬 서비스를 하기도 한다. 하지만 이는 어디까지나 고정 팬이 있는 프로 작가의 영역일 뿐, 작가를 목표로 하는 사람이 취해서는 안 되는 방식임을 명심해야 한다.

등장인물이 요리를 만드는 장면에서 레시피를 세세하게 설명하는 건 사족에 불과하다. 독자에게 특별한 선물을 제공할 요량으로 정확한 레시피를 밝힐 수도 있겠다. 하지만 독자가 원하는 건 레시피가 아니라 이야기다.

걷어내도 문제가 없는 부분은 전부 걷어내야 한다. 그것이 소설 작법의 올바른 방향이다. 핵심에서 벗어난 부분이 많다는 건 단순히 원고지 매수 채우기로 받아들여질 위험이 있음을 잊지 말아야 한다.

| 원 | 고 | 를 | | 원 | 활 | 하 | 게 | | | | | | | | | |
| 써 | 가 | 는 | | 비 | 결 | | | | | | | | | | | |

　플롯도 완성되고, 이제 글을 쓸 차례다. 그래서 자신만만하게 컴퓨터 앞에 앉았으나 한 줄도 쓰지 못하는 경우가 생겨난다.

　글을 쓰는 데는 수많은 요인이 작용한다. 따라서 이런 경험은 아마추어뿐만 아니라 프로 작가에게도 반드시 존재한다. 이럴 때는 왜 쓸 수 없는지, 글쓰기를 방해하는 요인이 무엇인지 대충이라도 생각해 봐야 한다.

　수면이 부족할 경우 머리 회전이 안 되는 것은 당연한 일이다. 그럴 때는 잠시 컴퓨터를 떠나 잠을 자는 게 효과적이다. 한 시간이라도 수면을 취하면 머리가 개운해질 것이다. 마찬가지로 배고픔이 뇌의 작용을 방해한다면, 지나치지 않을 만큼 음식을 먹거나 사탕 또는 초콜릿으로 당을 보충해야 한다.

　쓰려는 부분에 이해하기 어려운 내용이 있거나 적당한 글머리가 떠오르지 않는 경우도 있다. 그럴 때는 나중에 삭제해도 되니 일단 적당히 써본다는 생각으로 글쓰기를 시도해 보길 바란다. 글을 쓰는 사이 다른 패턴의 아이디어가 떠오르는 등 새로운 돌파구가 생길 수도 있다.

한편, 완전히 꽉 막혀 버린 글머리 대신 쓰고 싶은 장면부터 시작하는 방법도 있다. 이런 융통성은 컴퓨터를 이용함으로써 생겨난 이점이다.

별다른 문제가 없는데도 글을 쓰지 못하는 경우 심리적 장애를 의심해 봐야 한다. 수영의 다이빙에 비유하면, 다이빙대에 올라선 순간 심리적 장애가 나타난다고 한다. 눈을 질끈 감고 뛰어내리면 바로 기분 좋게 헤엄을 칠 수 있는데 말이다.

새로운 작품을 시작할 때는 누구든 "과연 어떤 소설이 완성될까?" 하며 가슴이 두근거리게 마련이다. 그런데 글을 쓰는 사이 그 기대감이 초라하게 시들기도 한다. 그럴 때 느끼는 실망감이 심리적 장애가 되는 경우도 드물지 않다. 그런 의미에서, 글을 쓰기 전 과도한 기대를 갖지 않는 것이 원활하게 원고를 써 가는 비결이라고 할 수 있겠다.

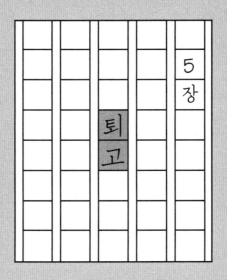

5장

퇴고

| 소 | 설 | | 쓰 | 기 | 는 | | 수 | 묵 | 화 | 가 | | 아 | 니 | 라 | | | |
| 유 | 화 | 에 | | 가 | 깝 | 다 | | | | | | | | | | | |

플롯에 살을 붙이고 이야기를 부풀려 작품을 완성한 후, 그걸 다시 읽어보고 수정할 부분을 찾아내는 것이 '퇴고'다.

아무리 훌륭한 천재작가라도 처음부터 한 치의 빈틈없이 완벽하게 쓸 수는 없다. 오탈자가 있을 수밖에 없고, 쓸데없는 장면이나 표현이 있으며, 설명이 부족해 이해하기 힘든 부분 역시 존재한다. 처음 쓴 원고에서 여러 가지 흠이 드러나는 건 당연하다. 소설 쓰기란 퇴고를 거듭해 미흡한 부분을 고쳐나가고 완성도를 높여가는 작업이다.

한결같은 마음으로 흐트러짐 없이 써내려간 원고일수록, 마음을 비우고 다시 읽어보면 수많은 발견과 깨달음을 얻게 된다.

한편, 자신의 작품이기에 객관적으로 보기 힘든 측면도 있다. 어쨌든 퇴고에 얼마나 많은 노력을 쏟느냐가 작품 수준을 좌우한다고 해도 과언이 아니다. 이 장에서는 문장의 마무리 테크닉에 대해 이야기해 보자.

제3자처럼 선입관 없는 시선을 갖기 위해서는 잠시 시간이 지난 후 완성된 원고를 살펴보는 게 좋다. 일정에 여유가 있어 2, 3일 후 다시 읽어보면, 놀랄 정도로 많은 오류와 부족한 부분이 발견될 것이다.

시간적 여유가 없을 때는 프린트해 읽어보는 것도 좋은 방법이다. 모니터로 보는 문장과 종이에 인쇄된 문장은 느낌이 완전히 다르다. 인쇄물로 보면 모니터에서 알아차리지 못했던 수많은 오류가 눈에 띈다.

나는 퇴고할 때 반드시 종이에 인쇄해서 살펴본다. 처음부터 읽어나가며 오탈자나 스토리의 부자연스러운 점, 조금이라도 걸리는 표현이 있으면 포스트잇을 붙이거나 빨간펜으로 밑줄을 그어 다시 검토한다.

퇴고 작업은 따분하고 시시하게 여겨질 수 있다. 소설을 그림에 비유할 경우 나는 수묵화가 아니라 유화에 가깝다고 생각한다. 이미 그린 선을 수정하고 싶으면 그 위에 덧칠하면 된다. 고치면 고칠수록 작품 수준이 높아진다는 사실을 명심하기 바란다.

유화는 덧칠이 가능할 뿐만 아니라 깎아낼 수도 있다. 불필요한 말이나 장면을 적극적으로 제거하는 것도 작품의 질을 높이기 위해 빼놓을 수 없는 과정이다.

퇴고는 장 단위로 진행하기를 권한다. 끝까지 완성한 뒤 퇴고를 진행할 경우, 혹시라도 앞부분에서 치명적인 오류가 발견되면 수정작업이 방대해지기 때문이다.

2장을 쓰기 전에 1장을, 3장을 쓰기 전에 2장을 퇴고하는 것이 좋다. 집필할 부분의 앞장을 퇴고하는 것은 글쓰기의 도움닫기적 측면에서도 효과적이다. 한 장이 끝날 때마다 퇴고를 진행하고, 마지막으로 전체를 꼼꼼히 퇴고하는 방법이 개인적으로 바람직하다고 생각한다.

퇴고할 때의
체크 포인트

종이에 인쇄된 원고를 보면 오탈자나 오류 외에도 여러 가지가 눈에 들어온다. 우선 단락의 길이다. 인쇄된 상태에서 보면 각각의 단락이 한 덩어리로 구성되어 쉽게 구분된다. 가령 한 페이지에 줄바꿈이 전혀 없을 경우 페이지를 가득 메운 활자가 눈을 자극한다. 그러면 독자 입장에서 답답함을 느끼게 될 것이다.

작가가 리듬을 타고 원고를 쓰듯이, 독자도 리듬을 타며 글을 읽는다. 독자를 어떻게 리듬에 태우느냐는 가독성과 관련이 깊다.

한자를 지나치게 많이 사용하는 것 역시 답답한 느낌을 준다. 가급적 다른 표현으로 바꾸든지, 조금이라도 읽기 편하게 수정해야 한다.

독자에게 복잡한 상황이나 섬세한 설정을 알려야 할 경우 설명이 길어지게 마련이다. 그럴 때는 지문 사이에 대화를 끼워 넣어보자. 전체적인 이미지가 180도 달라질 것이다.

퇴고 때 염두에 두어야 할 건 "독자를 피곤하게 만들지 않는가?" 하는 점이다. 전체적으로 사람들의 독서시간이 줄어들었다는 이야기가 나온 지 한참 오래되었다. 그로 인해 많은 사람들이 활자에 대한 '체력'을 잃어가고 있다. 따라서 독자가 책을 술술 읽을 수 있도록 작가의 수고가 필수적인 상황이다.

퇴고하기 전에는 머리를 비우기 위해 원고와 잠시 떨어져 있는 게 좋다고 앞에서 말했다. 하지만 마감이 코앞이면 이야기가 달라진다. 그럴 때는 무엇이든 좋으니 일단 다른 작품에 빠지는 것이 좋다. 2시간의 여유면 영화를 볼 수 있고, 만화책도 여러 편 볼 수 있다. 완전히 다른 세계관에 젖어 머리의 스위치를 바꾸는 것이다. 그런 다음 자신이 쓴 이야기로 돌아오면 새로운 시점으로 작품을 바라볼 수 있다.

문장의 군살을 과감히 정리하는 용기

내가 퇴고의 중요성을 깨닫게 된 계기는 데뷔작인 『13번째 인격』이 가도카와 호러 문고에서 출간될 때였다. 나는 당시 편집자에게 몇 번이나 혹독한 지적을 받았다. 그래서인지 가작을 수상했는데도 비난당하는 느낌마저 들었다. 물론 그 전에도 혼자 읽어보며 퇴고 작업을 진행하곤 했다.

교정쇄에 적힌 수많은 지적은 이제껏 생각지 못했던 관점이라 눈이 휘둥그레졌다. 나는 "퇴고를 한다는 게 이런 건가?" 생각하며 전문 편집자의 날카로운 지적에 감탄했다.

오랫동안 고생해서 쓴 작품에 누군가 손을 대는 일은 괴로울 수밖에 없다. 하지만 완성이란 말에 집착해서는 안 된다. 과감하게 군살을 깎아내고 표현을 바꾸는 용기가 필요하다. 본인의 작품을 업그레이드하기 위해 피할 수 없는 길임을 명심해야 한다.

전문 편집자가 아닌 가까운 지인에게 원고를 보여주고 의견을 듣는 경우도 마찬가지다. 아무리 자기 뜻과 맞지 않는 의견이더라도 3자만 느낄 수 있는 귀한 조언이 담겨 있다.

신인 시절 깨달은 사실인데, 신인일수록 자신의 원고를 잘라내지 못한다. 힘들게 완성한 원고를 손보고 잘라내는 일은 자신의 살을 베어내는 듯한 아픔이 동반된다. 하지만 그동안의 경험을 통해 나는 단언할 수 있다. 편집자의 조언대로 필요 없는 묘사를 잘라내면 원래 원고보다 몇 단계 좋은 작품으로 재탄생된다는 것이다.

그런 사실을 깨달은 뒤 나는 원고를 싹둑 잘라내는 일에 묘한 쾌감을 느끼게 되었다. 신인상 응모작들을 보면 장면과 장면을 잇기 위해 불필요한 살을 붙이는 경우가 종종 발견된다. 사이를 잇기 위해 설정한 장면이 오히려 역효과를 불러일으키는 것이다. 막간에 재미있는 연애 이야기를 넣거나 캐릭터의 개인정보를 꼼꼼하게 소개하거나 작품의 커다란 줄기와 관계없는 옛날이야기를 삽입하는 식인데, 그런 군살을 붙이면 전체적인 균형이 흐트러진다.

독자는 살을 붙이려는 목적으로 추가한 장면을 예민하게 알아차린다. 더군다나 작가가 즐거운 마음으로 쓰지 않으면 독자는 쉽게 동화되지 않는다. 빈 부분을 메우려고 쓸데없는 내용을 넣을 바에야 군살을 과감히 잘라내겠다는 용기를 가져야 한다.

그로 인해 정해진 분량을 채우지 못했다면 애초 아이디어 자체에 문제가 있었다는 증거 아닐까? 따라서 아이디어와 플롯부터 고민해야 한다.

다시 한 번 강조하지만, 소설에서 여분의 설명은 인체의 군살에 불과하다. 그것을 제거해야 아름다운 몸매로 다시 태어날 수 있다. 다이어트 계획의 '비포(before)'와 '애프터(after)'는 아니지만, 몸매를 가꿔 아름답게 변모했을 때의 기쁨을 일찍 경험하면 작가로서의 실력도 그만큼 빨리 향상될 것이다. 그러한 기쁨을 아는 건 좋은 작가로 서기 위한 중요한 한 걸음이다.

| 편 | 의 | 주 | 의 | 적 | | 전 | 개 | 에 | | | | | | | | |
| 빠 | 지 | 지 | | 않 | 으 | 려 | 면 | | | | | | | | | |

미스터리뿐만 아니라 엔터테인먼트에서는 크든 작든 수수께끼가 등장한다. 호러라면 "왜 이런 현상이 일어나는가?", 연애소설이라면 "왜 그녀는 내 곁을 떠났는가?" 등의 수수께끼가 등장해 스토리 추진의 원동력으로 작용한다.

어떤 작품이든 주인공이 진실을 알게 될 때까지의 과정이 가장 흥미진진하다. 하지만 그 전개가 억지스럽고 편의주의적인 경우를 흔히 볼 수 있다. 글을 쓰는 당사자는 좀처럼 깨닫지 못하지만 말이다.

2시간짜리 추리 드라마를 보노라면, 형사가 탐문수사하러 가는 곳마다 이웃이나 관계자가 유력한 정보를 주저리주저리 말해주는 장면이 종종 등장한다. 때로는 몇 년씩이나 만난 적 없는 인물에 대해서도 여러 가지 정보를 제공해 준다.

현실 세계에서 그런 일이 가능할까? 두말할 것 없이 '노(No)'다. 상대가 아무리 형사라도, 처음 보는 사람이 옛날일을 꼬치꼬치 물으면 사람들은 몸을 사리고 경계하게 마련이다. 자신에게 불똥이 튈까 봐 입을 다물기도 한다.

하지만 아무리 어려운 사건도 2시간 안에 해결되어야 하므로, 적당한 타이밍에 정보가 들어오고 수사는 순조롭게 진행된다. 이때 편의주의에서 벗어난 드라마는 수준이 높다고 평가받는다. 소설도 그와 마찬가지다.

탐정물의 경우, 우연히 지나가던 사람에게 얻은 정보가 사건의 수수께끼를 푸는 중요한 힌트가 되기도 한다. 이것 역시 편의주의라고 할 수 있다.

물론 픽션이니 수사 순서를 현실과 똑같이 그릴 필요는 없다. 독자가 편히 읽을 수 있도록 상황을 축약하는 일은 얼마든지 가능하다. 하지만 우연에 전개를 의존하면 리얼리티가 떨어지고, 독자는 단숨에 흥이 깨진다.

주인공이 정보를 얻는 과정에서 우연이나 행운의 도움을 받는 일은 충분히 가능한 설정이다. 하지만 그것이 '어떤 행운이었는지'에 대해 신중하게 고려해야 한다. 핵심적인 정보가 우연히 들려왔다는 건 점쟁이가 모든 걸 가르쳐주는 것이나 다름없다. 그보다는 정보원과 아는 친구가 있었다는 식으로 한 다리 건너 상황을 설정하면, 행운 역시 자연스럽게 받아들여질 것이다.

최근에 세렌디피티(serendipity)라는 말이 여기저기서 사용되고 있다. 자신에게 가치 있는 뜻밖의 행운을 발견해내는 능력을 의미한다. 주인공이 세렌디피티를 가진 뛰어난 탐정이라는 사실을, 작가의 사정이 아니라 이야기 속에서 어떻게 풀어내느냐에 따라 작품 수준이 판가름된다.

미스터리의 재미 가운데 하나는 "진실을 어떻게 좇느냐?"에 달려 있다. 따라서 아무리 매력적인 트릭을 준비했더라도, 진실을 좇는 과정에서 우연적 요소를 남발하면 매력이 반감될 수밖에 없다. 퇴고 단계에서 다시 한 번 점검해야 할 중요한 포인트다.

출	산	의		고	통	,												
죽	음	의		고	통													

퇴고 단계가 되면 이제 완성까지 한 걸음쯤 남았다고 할 수 있다. 하지만 마무리된 원고를 거듭 확인하고 수정하는 작업은 실로 소박하고도 괴로운 일이다. 스토리 전체를 뒤흔드는 치명적 결함을 발견하면 더욱 그러하다.

나는 하나의 소설을 완성하기까지 출산과 죽음의 고통이 존재한다고 생각한다.

어차피 괴롭다면 출산의 고통이 더 이상적인데, 이 경우 약간의 돌파구만 있으면 커다란 세계가 눈앞에 펼쳐진다. 그것은 작가에게 기쁨의 순간이기도 하다.

한편 죽음의 고통은 작가로서 최악의 순간이다. 계속 괴로워하면서 결국 아무것도 만들어내지 못하는 악순환을 의미하기 때문이다.

본인이 예상했던 대로 글이 써지면 그보다 즐거운 일은 없을 것이다. 하지만 신인상 경쟁에서 승리하거나 수많은 독자에게 공감을 얻는 이야기를 쓰기 위해서는 상상을 초월하는 고통이 뒤따른다.

나만 해도『검은 집』을 집필할 때, 아이디어 노트에 있던 미스터리용 소재를 어떻게 하면 호러물로 요리할 수 있을지 머리를 감싸며 괴로워했다. 그런데 상을 받은 후 친구가 "예전 작품에 비해 문장에서 굉장한 기백이 느껴졌다"고 말했다. 나는 그동안의 고통을 보상받은 듯 기분이 좋았다.

　플롯 단계에서 시행착오를 반복하거나 "반드시 대상을 받겠다"는 결심과 각오는 작품 어딘가에 반드시 투영되게 마련이다. 원고를 쓸 때 괴로워하는 건 나쁜 일이 아니다. 출산의 고통을 맛보았으니, 이제 새로운 경험을 추가할 수 있지 않을까?

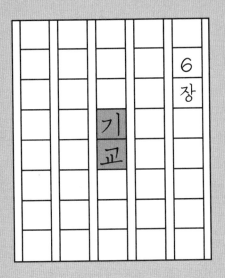

6장

기교

독	자	의		감	정	이	입	을									
유	도	하	는		장	치											

훌륭한 소설이란 어떤 것일까? 정확한 언어로 쓴 단정한 소
설과 재미있는 소설은 완전히 다르다. 최근의 신인상 심사를 보
면, 오류가 없고 깨끗하게 정리된 작품보다 조금 거칠지만 임팩
트 있는 작품이 살아남는다는 사실을 알 수 있다. 즉, 단점보다
장점이 중시되는 시대라고 하겠다.

중요한 것은 본인이 재미있다고 생각한 아이디어를 가장 효과
적으로 이야기에 녹여내는 일이다. 물론 쉽게 하면 좋겠으나, 그
러기 위한 방법론은 존재하지 않는다.

따라서 조금이라도 보기 편하고 읽는 사람에게 좋은 인상을
주기 위한 기법, 조금이라도 순조롭게 글을 쓸 수 있는 습관 등

작품의 수준을 높이기 위한 모든 방법을 다양한 각도에서 적극적으로 찾아야 한다.

지금까지 소설 작법의 기초를 대략적으로 이야기했다. 여기서는 어떻게 하면 한 단계 수준 높은 작품으로 마무리할 수 있는지 알아보자.

엔터테인먼트에서 가장 중요한 것은 재미있고 속도감 있는 스토리다. 그런 이야기를 만들어내면 읽는 사람이 저절로 생겨난다. 그리고 그런 이야기를 만들어내기 위해 가장 필요한 건 아이디어다.

그런데 신인상 심사에서 "아이디어는 나쁘지 않은데 재미가 부족하다"고 평가받는 작품이 적지 않다. 아이디어에 문제가 없는데, 왜 높은 평가를 받지 못할까? 그 원인은 읽는 사람이 감정이입을 하지 못하기 때문이다. 즉, 읽는 사람이 이야기 속 세계관으로 빨려 들어가지 못하는 것이다.

몇 년 전 봤던 미국영화가 생각난다. 등장인물은 연쇄살인범들로, 히치하이커를 태워 살해하는 운전자와 운전자를 살해하는 히치하이커다. 그런 두 사람이 같은 차를 타고 가며 진행되는 호러물이다.

설정만 보면 금방이라도 무슨 일이 일어날 것 같고 제법 재미있어 보인다. 그런데 나는 그 영화를 즐길 수가 없었다. 두 사람 모두 연쇄살인범이었기 때문에 공감하기 어려웠던 것이다.

누구에게도 감정이입을 하지 못해 어느 쪽이 위기에 빠지거나 살해당할 뻔해도 조마조마한 마음이 들지 않았다. 또한 어느 쪽이 우위에 서도 가슴이 두근거리지 않았다. 그래서인지 영화가 끝날 때까지 담담하게 전개를 좇을 뿐 마음의 동요가 거의 없었다. 그야말로 "아이디어는 나쁘지 않은데……"의 상태였다.

감정이입을 유도하기 위해서는 독자와 가까운 캐릭터를 설정하는 게 좋다. 사람은 자신이 싫어하거나 동떨어진 인물에게는 좀처럼 감정이입을 하기 어렵기 때문이다.

마쓰모토 세이초(松本淸張)가 쓴 작품 가운데 『고소하지 않는다』라는 걸작이 있다. 위험한 돈을 갖고 도망쳐 선물거래에 손을 대는 파멸형 캐릭터가 주인공이다. 평범하게 생각하면 악인인 주인공에게 감정이입을 하기 어려운 상황이다. 하지만 그가 보여준 생생한 욕망은 인간이라면 누구나 감추고 있는 것이어서, 무의식중에 공감하게 된다.

나는 정신없이 도망치는 주인공에게 감정이입한 상태로 가슴을 졸이며 책을 읽었다. 마쓰모토 세이초의 대단한 기교라고 할 수 있겠다. 주인공이 갖고 도망친 돈이 부정한 선거자금이라는 설정도 감정이입을 유도하는 장치가 아닐까 하며 나는 감탄했다.

　내가 쓴『악의 교전』도 도덕관이 결여된 캐릭터를 주인공으로 삼았다. 희대의 악인인 하스미 세이지가 수많은 독자의 지지를 얻게 된 이유는 무엇일까? 악인이라도 제대로만 그려내면 독자를 끌어당길 수 있다는 증거 아닐까?

　신기하게도 여성들은 무능한 선인보다 유능한 악인에게 끌리는 듯하다. 중학교 시절, 소녀들의 관심이 다소 불량해 보이는 남학생에게 집중되었던 걸 떠올리면 고개가 끄덕여지기도 한다.

| 효 | 과 | 적 | 인 | | | | | | | | | | | | | |
| 장 | 면 | 전 | 환 | | | | | | | | | | | | | |

　소설을 읽을 때 나는 장면전환 기법과 연출에 많은 신경을 쓴다. 이 부분은 작가의 생각이나 습관이 배어나오게 마련이므로 꼭 정답이 있는 건 아니다. 하지만 되도록 이해하기 쉽고 간결하게 써야 한다는 내 신념에 비춰보면 일정한 이론을 만들 수 있을 듯하다.

　장면과 장면 사이는 자세히 묘사하지 않고 중요한 부분만 그리는 게 좋다. 쓸데없이 종이를 낭비하면 독자에게 산만한 인상을 주게 된다.

또한 하나의 장면을 끝낼 때는 뭔가 '미끼'에 해당하는 요소가 필요하다. 등장인물의 대사나 대화로 끝날 경우 약간의 수수께끼를 포함시키는 게 정통적인 방식이다. 독자가 "이 사람은 왜 이런 말을 할까?" "이 사람 태도가 왜 갑자기 변했을까?"라고 생각하게 만들면 성공적이다.

이는 TV 일일 드라마의 마지막 장면과 비슷하다. 소설에서도 채널을 유지하도록 만드는, 즉 독자의 관심을 붙들어 매기 위한 연구가 필요하다. 그리고 다음 장면에서 곧바로 핵심으로 들어가는 게 이상적이다.

이를테면, 주인공이 중요한 사람을 만나러 가는 부분에서 시작한다고 하자. 특별한 이유 없이 복도를 걸어가 문을 노크하는 장면부터 묘사하는 건 사족일 뿐이다. 장면을 전환한 다음에는 상대와의 대화로 시작하는 등, 자연스러운 범위에서 앞부분을 짧게 잘라야 한다.

나는 같은 장에서 한 줄을 띄운 후 다른 장면으로 바뀌는 상황을 종종 연출한다. 이것은 TV 드라마에 중독된 카메라 시선적인 기법으로, 문학계에서는 사도(邪道)라는 의견도 있다.

물론 중요한 장면이나 시점을 전환하는 경우 장을 바꾸는 게 정통적인 방법일지도 모른다. 하지만 그때마다 다음 장면에 이르기까지의 상황을 묘사한다면 속도감을 해치고 독자를 따분하게 만들 수 있다.

소설은 현실세계와 달리 중요한 부분만 그리면 된다는 게 내 지론이다. 그렇지 않으면 한없이 길어지지 않을까?

한편, 장이 바뀌면 장면을 바꾸어도 되고, 같은 장 안에서는 장면을 바꾸면 안 된다는 말은 이치에 맞지 않는다. 한 줄을 띄우는 건 장면을 전환하기 위한 가장 단순한 방법으로, 독자에게 중요한 내용만 보여줄 수 있다. 이때 독자는 공백의 한 줄에서 스스로 이미지를 보충한다. 영상매체와 달리 활자매체는 독자의 상상력을 배제하고는 성립할 수 없다.

물론 그것이 지나치게 사용되면 독자가 혼란에 빠진다. 특히 시간축 설정에는 세심한 배려가 필요하다. 회상 장면도 아닌데 장면을 전환한 후 과거로 거슬러 올라가거나, 느닷없이 100년 후의 세계를 그리는 일은 필연적인 이유가 없는 이상 피해야 한다.

이러한 최소한의 규칙만 지키면 독자의 상상력을 믿고 마음껏 묘사해도 무방하다. 리듬을 중시하는 엔터테인먼트라면 더욱 그러하다.

작중작의 효과와 활용법

하나의 이야기 안에서 다른 이야기가 전개되는 작중작(作中作)이라는 기법이 있다. 등장인물이 읽는 소설 내용이나 공상, 회상 장면을 그릴 때 이용된다.

나도 종종 사용하는데, 현실과의 경계선을 부각시킨다는 점에서 매우 효과적이다. 픽션 안에 울타리를 만들어 격리함으로써, 바깥쪽이 현실에 가까운 세계라고 착각하게 만드는 기법이다.

작중작 기법은 그밖에도 여러 가지 효과가 있다.

SF 작품에서 흔히 보이는 것은, 절망적인 상황에서 옛날이야기 같은 에피소드를 삽입하는 방법이다. 그로 인해 절망감을 한층 더 부각시킬 수 있다.

그런 효과를 절묘하게 활용한 작품 중 인상적이었던 건 야마다 다이치(山田太一)의 『끝에 본 마을』이다. 그는 이 작품의 드라마 대본도 직접 썼는데, 지금 시대의 소년이 전쟁의 소용돌이 속으로 타임슬립하는 내용이다.

부족함이 없는 요즘 아이에게 전쟁은 대단히 가혹하고 비현실적인 환경이다. 하지만 소년은 종종 도라에몽을 떠올린다. 소년이 "어디에라도 갈 수 있는 문이 있다면?" "타임머신이 있다면?" 하고 상상의 날개를 펼침으로써 전쟁의 비참함을 부각시키는데, 매우 훌륭한 테크닉이다.

리처드 애덤스(Richard Adams. 영국 작가)가 쓴 『워터십 다운의 열한 마리 토끼』는 내가 대학생 때 인기를 끌었던 아동소설이다. 열한 마리 토끼가 여행을 떠나는 모험물인데, 당시 언론사에 입사할 때 "이 책의 저자는 누구인가?"라는 문제가 나올 만큼 화제를 모았다. 그 이유는 토끼를 의인화했을 뿐만 아니라, 그들의 문화나 세계관을 확실히 그려냈기 때문이다.

토끼들은 자신만의 창세신화를 가지고 있으며, 그들의 정신세계에 굉장한 리얼리티를 부여했다. 토끼라는 연약한 동물을 모티브로 사용한 점도 절묘하다. 그들은 여우나 맹금류, 택지개발의 불도저 같은 수많은 외부의 적들에 둘러싸여 있었다. 더구나 토끼들의 항쟁을 그리는 등 엔터테인먼트로써의 다양한 읽을거리를 선사했다.

『워터십 다운의 열한 마리 토끼』에서 작가는 그러한 세계관을 독자에게 더 깊이 알리기 위해 작중작을 활용했다. 요소요소에 작중작을 삽입해 참과 거짓의 비약을 억제하거나, 이야기의 핵심을 정리해 읽기 쉽게 돕는 등 세심하게 계산된 구성이 매우 인상적이었다. 대학생이나 되어 토끼가 주인공인 동화에 그토록 마음을 빼앗기리라곤 꿈에도 생각지 못한 일이라 스스로도 놀랐었다.

　참고로 나는 이야기에 등장하는 운드워트 장군이라는 체격이 크고 강인한 토끼에게 매료되어, 『신세계에서』에서 기로마루를 그릴 때 참고했다. 연약해 보이는 존재가 실은 엄청나게 강하다…… 이 간극을 느끼게 만드는 캐릭터는 어느 세상에서도 매력적인 법이다.

　작중작 기법은 단순히 필요한 에피소드를 보강할 때 사용되기도 한다. 미스터리에서는 단서를 복선으로 깔기 위해 사용하는 경우도 있다. 작중작 기법의 효과들을 기억하면 이야기를 입체적으로 구성할 수 있다.

　조심해야 할 점은 자기만족에 빠져서는 안 된다는 사실이다. 무엇을 위해 작중작을 사용하는지, 목적을 확실히 인식해야 한다.

　나는 『말벌』에서 상황을 보강하기 위해 작중작을 사용했다.

　다음에 인용하는 작중작의 일부분은 주인공인 소설가가 사방이 꽉 막힌 사면초가 상태에서 자신이 예전에 쓴 원고를 회상하는 장면이다. 그는 '원작자 비공인/명작의 속편'이라는 기획에서, 그림책 작가인 아내의 작품을 이용해 다음과 같은 이야기를 만들었다.

　　"아야! 이거 큰일났구먼."

바람에 날려 거대한 물웅덩이에 빠진 우사부로는 여느 때의 대사를 토해냈다.

"괜찮아? 안 다쳤어?"

하필 그 자리에 있는 것은 아름답긴 하지만 머리가 별로 좋지 않은 호랑나비 미우뿐이었다.

"내 걱정은 안 해도 되네. 이미 살 만큼 살았으니까."

우사부로는 영감탱이 말투로 연약하게 대답했다.

"그런 말이 어디 있어? 걱정하지 마. 꼭 구해줄 테니까!"

"그건 힘들 것 같네. 물에 갇혀서 몸을 움직일 수가 없구먼."

갈색 물이 기다란 다리를 붙들어 우사부로는 꼼짝도 할 수 없었다.

"내 손을 잡아."

미우는 우사부로 위에 하늘하늘 내려앉아 어떻게든 끌어올리려고 했다. 하지만 미우가 아무리 애써도 우사부로는 기다란 여덟 개의 다리를 수면 위로 올릴 수 없었다. 더구나 미우의 손이 우사부로의 다리에 닿는 순간, 오히려 미우가 물웅덩이에 풍덩 빠지고 말았다.

"어머나, 어떡해! 미우 살려!"

몸이 작은 곤충에게 물의 점성은 벌꿀이나 마찬가지다. 인분이 있는 날개를 제외하고 온몸에 물이 달라붙는 바람에 미우는 죽을힘을 다해 소리쳤다.

그러자 그 소리에 대답하듯 수면 위를 휙휙 미끄러지면서 다가오는 수많은 그림자가 있었다.

소금쟁이 가이토와 그 친구들이다.

"아, 소금쟁이들이 구해주러 왔다!"

"다행이다! 얘들아, 부탁해. 쟤네들을 구해줘."

주변에서 지켜보던 곤충들이 제각기 성원을 보낸다.

가이토와 친구들은 대열을 짜서 앞으로 나아가더니 미우와 우사부로의 주위를 에워쌌다.

"소금쟁이들이 어떻게 구해줄까?"

"다 같이 힘을 합쳐 기슭까지 밀고 가지 않을까?"

"등에 올리면 될 텐데."

곤충들의 천진난만한 목소리에 점차 공포의 감정이 실리기 시작했다.

"어? 뭐하는 거지?"

"뭔가 이상해. 구하러 온 게 아닌 것 같아."

곤충들은 점차 말이 없어지더니, 잠시 후 무서운 진실을 목격하고 목이 터져라 비명을 질렀다.

"아아, 이럴 수가……. 안 돼!"

"너무해. 그러지 마!"

"제발 그만둬!"

소금쟁이뿐 아니라 물장군이나 장구애비, 물방개 등 대부분의 수생곤충은 물에 빠진 다른 곤충의 체액을 빨아먹는 습성이 있다.

굶주린 소금쟁이 동료들에게 미우와 우사부로는 하늘에서 오랜만에 내려준 진수성찬이었다. _『말벌』중에서 잔인한 장면은 이후에도 계속 이어진다. 이 경우에는 주인공의 직업을 살려 과거에 쓴 원고를 토대로 작중작을 구성했다. 스토리를 보충하는 효과를 노렸을 뿐만 아니라, 내용 자체에 상황을 암시하고 있다. 궁지에 몰린 주인공의 처지를 작중작에 투영했으니, 자세한 내용은 꼭 한번 읽어보시기 바란다.

그밖에도『말벌』에서 나는 여러 작중작을 사용했다. 그 목적과 효과에 대해 생각해 보는 시간을 가지면 도움이 될 것이다.

다만, 작중작을 지나치게 사용하면 그때마다 독자의 사고를 리셋하게 되어 오히려 몰입하기 어려울 수 있다. 따라서 주의가 필요하다.

대화를 쓸 때 조심해야 할 것들

큰따옴표 안에 들어가는 대화는 작가의 버릇이나 개성이 가장 잘 나타나는 부분이다. 엔터테인먼트에서 대화는 특히 중요하다.

캐릭터들의 대화가 템포 있게 나아갈 경우, 그것만으로 소설의 일정 수준에 도달했다고 해도 과언이 아니다. 반대로 대화나 대사 부분의 리얼리티가 부족하면 작품의 매력이 반감된다.

그러면 대화의 리얼리티는 어떻게 연출해야 할까?

귀에 들리는 대로 활자화하면 리얼한 대화가 될까? 그렇지 않다. 현실 속 대화를 문장으로 정리하면 몹시 장황하거나, 주어 내지 술어가 생략되는 경우가 많다. 따라서 활자로 만들 때는 독자를 위한 보정이 필요하다. 그러면서도 너무 논리정연해 보이지 않게 써나가는 것이 작가의 실력이다.

자신이 좋아하는 작가가 대화를 어떤 식으로 끌어가는지 의식적으로 체크해 보기 바란다. 독특한 표현이나 리듬처럼 뜻밖의 것들을 발견할 수 있을 것이다.

일단 대화 장면을 쓴 후에는 그것이 목소리로 나왔을 때를 상상해 보는 것이 좋다. 대화가 정말로 리얼한가? 이처럼 한 단계 음미하는 작업이 있느냐 없느냐에 따라 느낌이 많이 달라진다.

대사 안의 느낌표와 물음표 사용법에 관해서도 고민이 필요하다. 뭔가를 강조하거나 대화에 힘을 부여하고 싶을 때 느낌표를 사용하고 싶은 마음은 이해가 간다. 하지만 느낌표가 지나치게 많으면 독자에게 위화감을 줄 수 있다.

출간된 작품들을 대충 훑어보면 알 수 있지만, 대사 분위기는 느낌표나 물음표에 의지하지 않아도 문맥으로 전해지게 마련이다. 내용면에서 외침처럼 받아들여질 수 있는 대사라도 느낌표

없이 표현하는 경우가 의외로 많다.

어느 정도 글을 마무리하고 퇴고할 때 내가 하는 일이 있다. 바로 말줄임표를 삭제하는 일이다. 이야기 속 세계에 몰입해 글을 쓰다 보면, 그 분위기에 맞춰 나도 모르게 말줄임표를 자주 사용하는 경향이 있기 때문이다.

말줄임표는 대사의 마지막에 여운을 주고 싶을 때 효과적이다. 하지만 과도하게 사용하면 눈에 거슬리고, 때로 신경을 예민하게 만들기도 한다.

한편, "받아랏!"처럼 강조하고 싶은 대사의 마지막에 'ㅅ'을 넣는 경우가 있다. 이것 역시 자주 사용하면 나쁜 의미에서 만화스러워지고 진부한 인상을 줄 수 있으니 주의해야 한다.

대화를 쓸 때 조심해야 할 부분은 세 사람 이상이 뒤섞여 이야기하는 장면이다. 영화나 드라마와 달리 소설에서는 말하는 사람을 정하는 기술이 한정된다. 때문에 대사만 계속 나열하면 누가 어떤 부분을 말했는지 알기 어렵다. 그렇다고 대사마다 누가 말했는지를 알려주면 템포가 나빠진다. 대화의 현장감을 유지한 채 누가 말했는지 알 수 있도록 구분해 주는 기술이 필요하다.

남자인지 여자인지, 윗사람인지 아랫사람인지는 대사의 어미나 존댓말, 반말을 통해 비교적 쉽게 파악된다.

그밖에 자주 등장하는 게 사투리 사용이다. 멤버 가운데 지방 사람을 포함시키면 캐릭터의 특성을 나타내는 데 매우 효과적이다.

캐릭터를 설정할 때는, 각 등장인물의 말투를 구체적으로 떠올리며 개성을 살려야 한다.

리얼리티를 연출하는 방법

픽션이라고 해서 현실과 동떨어진 세계를 그리면 독자를 무시한 독선적인 작품이 되기 쉽다.

SF나 판타지에서 가공의 세계를 그릴 때도 독자가 감정이입할 수 있으려면 어느 정도 리얼리티가 전제되어야 한다. 그러기 위해서는 현실세계와 어떤 부분에서든 접점을 가져야 한다.

일정한 리얼리티를 통해 독자를 최고의 세계관으로 이끈 작품이 있다. 그렉 베어(Greg Bear. 미국 작가)의 『블러드 뮤직(Blood Music)』이다. 한 천재과학자가 '지적 능력을 가진 세포'를 발견하는데, 그 세포가 인류의 존재를 위협한다는 바이오 호러성 SF 작품이다. 지성을 가진 세포가 있다는 사실이 황당무계하지만, 세포가 연산하는 과정이 제대로 설명되어 대단히 설득력 있게 느껴진다.

예기치 않게 확산된 이 세포가 인간의 몸에 들어오면서 한 사람 안에 여러 마음이 생겨난다. 그러자 인체는 마치 아파트 같은 공동주택으로 변한다. 『블러드 뮤직』은 지금까지 없었던 인류존망의 위기를 새로운 각도에서 접근한 역사적 걸작이라고 할 수 있다. 논리를 규명하면 리얼리티가 만들어지는 좋은 사례이다.

내가 쓴 『신세계에서』의 무대는 1천 년 후 일본이다. 그럼에도 실재하는 지명을 사용하거나 등장인물 이름을 현대와 똑같이 표기했다. 이는 리얼리티를 살리기 위해서이다. 작품 속 풍경은 지금과 완전히 다르지만, 가공의 지명이나 이름에 비해 독자들이 쉽게 받아들일 거라고 생각했다.

가공의 생물을 그릴 때도 디테일을 제대로 묘사하기 위한 비법이 필요하다. "존재하지 않는 생물을 상상해서 그리는데 어떻게 리얼리티가 나오겠는가?" 하고 고민하는 사람이 있을 것이다.

나는 그에 대한 해결책 역시 현실세계와의 접점을 어딘가에서 취하라고 권하고 싶다. 『신세계에서』에 등장하는 요괴쥐는 벌거숭이두더지쥐라는 동물을 모델로 삼았다. 인터넷에서 벌거숭이두더지쥐의 사진을 검색해 보면 요괴쥐를 상상할 수 있을 것이다. 가공의 몬스터를 등장시킨다 해도 완전한 백지상태에서 창조할 필요는 없다. 아무도 본 적 없는 생물은 열심히 설명하더라도 각자 다른 모습을 떠올리게 된다. 독자에게 공통된 이미지를 부여하기 위해서는 작가의 머릿속에 구체적인 모습이 설정되어 있어야 한다.

『신세계에서』는 SF물이므로 인간의 언어로 말하는 요괴쥐를 등장시켰지만, 픽션이라고 뭐든 마음대로 만들어내서는 안 된다. 몇 번 말했듯이, 현실과 어딘가에서 맞닿아 있어야 독자를 논리적으로 이해시키고 감정이입하게 할 수 있다.

현실에 없는 것을 등장시킬 경우, 원칙적으로 한 작품에 하나 정도가 좋다. SF나 판타지는 별도로 치고, 가상의 것을 너무 많이 등장시키면 자칫 황당무계해지기 때문이다.

『천사의 속삭임』은 바이오 호러와 사이코 로지컬 호러의 융합을 목표로 한 작품이다. 나는 그곳에 가공의 생물을 하나 등장시켰다. 현실적인 세계에 비현실적 요소를 한 가지 녹여낸 것이다.

픽션이더라도 완전히 새로 만들어낸 가공의 세계보다, 있을 법하지만 실제로 존재하지 않는 세계관이 더 가슴을 두근거리게 하지 않을까?

문화 및 과학기술의 시대적 반영

인간의 생활이나 문화는 시대에 따라 조금씩 변해간다. 최근 20년 사이 컴퓨터와 인터넷, 스마트폰이 등장하면서 우리의 라이프 스타일은 크게 바뀌었다.

『천사의 속삭임』은 1998년 작품이다. 앞부분에 등장인물이 메일을 주고받는 장면이 나오는데, 당시에는 신선한 전개였다. 또 미소녀 게임을 다루었는데, 이것 역시 당시 유행을 따른 것이다.

나는 이런 모티브를 이용해 의도적으로 현대성을 받아들인다. 그런데 당시의 최신 문화를 언급함으로써 작품의 유통기간이 짧아지는 것 아닌지 불안해하는 사람도 있다. 자신의 작품이 문고판으로 만들어져 오래 유통되면 더욱 그러하다.

하지만 시대적 배경을 묘사하지 않는 건 부자연스럽다. 한때 유행하고 이내 사라지는 유행어를 일일이 받아들일 필요는 없다. 그러나 그 시대의 분위기를 대변해 주는 요소는 가급적 투영하는 편이 좋다.

현대를 무대로 한 작품은 '현재'를 반영한 시대소설이라고 나는 생각한다. 따라서 그 시대에 존재하지 않는 물건이 등장해서는 안 되고, 이미 사라진 물건이 자주 등장해서도 안 된다. 역사의 어느 한 부분을 날카롭게 그려낸 작품이라면 오래 살아남을 수 있으리라.

실제로 쇼와 시대(1926~1989)의 마쓰모토 세이초가 쓴 많은 작품이 지금도 주목받고 있지 않은가? 현대에도 여전히 드라마나 영화로 만들어지고 있다. 스마트폰의 등장으로 이제는 거의 사라진 열차시간표를 이용한 트릭만 해도, 쇼와 시대의 일본철도문화를 절묘하게 사용한 시대소설로 받아들여져 지금도 충분히 사랑받는다.

유통기간을 고려한 나머지 현장감을 훼손하지 말고, 오히려 적극적으로 시대성을 받아들이는 게 더 낫지 않을까?

| 상 | 징 | 성 | 을 | | 지 | 닌 | | | | | | | | | | | |
| 모 | 티 | 브 | 의 | | 효 | 과 | | | | | | | | | | | |

『악의 교전』 표지에는 커다란 까마귀 그림이 떡하니 자리잡고 있다. 대부분의 사람들은 까마귀를 좋아하지 않는다. 쓰레기를 뒤지고 죽은 고기를 쪼아 먹는 까마귀는, 그 존재만으로 불온하고 불길한 분위기를 연출한다.

이처럼 특정 이미지를 지닌 모티브를 작품에 등장시키면, 문장으로 설명하는 것보다 훨씬 효과적이다.

실제로 『악의 교전』에는 처음부터 까마귀 두 마리가 등장한다. 하지만 특별한 역할이 있는 건 아니다. 어디까지나 연출의 일환으로 그저 그곳에 존재할 뿐이다.

그 작품에서 왜 까마귀를 등장시켰느냐면, 실제로 그 무렵 날마다 까마귀 울음소리에 잠을 깼기 때문이다. 밤늦게까지 작업하다 겨우 잠이 들었는데, 이른 아침부터 까마귀가 시끄럽게 울어댄다고 생각해 보라. 나는 그럴 때마다 창문을 열고 까마귀를 쫓으며 한숨을 쉬었다.

그런 날들이 이어지자, 나도 모르게 "이런 장치를 만들면 까마귀를 쫓을 수 있지 않을까?" 하고 생각하게 되었다. 작품 속에서 하스미가 까마귀 퇴치에 사용한 방법이 내가 그때 떠올렸던 내용이다.

플롯 단계에서는 까마귀를 등장시키겠다는 생각을 하지 못했다. 그런데 글을 쓰는 사이 까마귀가 저절로 다가온 것이다. 까마귀라는 혐오스러운 존재가 『악의 교전』 스토리에 무척 잘 어울릴 것 같았다. 또한 잘만 사용하면 세계관을 상징하는 아이콘이 될 수 있을 듯했다. 실제로 나는 일정한 효과를 얻었다고 자부한다.

아	무	리		미	스	터	리	라	도						
트	릭	은		출	발	점	에		불	과	하	다			

『푸른 불꽃』은 언젠가 한 번쯤 도전해 보고 싶었던 도서소설 (처음에 범인이 밝혀지고, 주로 범인의 시점으로 이야기가 전개되는 미스터리 소설)이다. 초등학교 시절 학교 도서관에서 우연히 만난 프리먼 윌스 크로프츠(Freeman Wills Crofts, 영국 추리작가)의 명작 『크로이든발 12시 30분』이 힌트를 주었다.

미스터리 역사에 길이 남을 걸작이지만 작품 속 범행은 비교적 단순하며, 범인인 주인공이 잇달아 허점을 드러낸다. 나는 조금씩 궁지에 몰리는 주인공의 모습에 정신없이 빠져들었다. 다 읽은 후 가장 먼저 떠오른 건 "탐정보다 범인을 주인공으로 하는 미스터리가 더 재미있을 수 있다"는 생각이었다.

어쨌든 범인은 처절하리만큼 필사적이다. 탐정이 사건을 수사하는 건 업무의 일환이며, 간혹 취미로 탐정일을 하기도 한다. 하지만 범인은 그렇지 않다. 잡히면 인생이 끝나기 때문에 최후의 순간까지 도망칠 방법을 연구한다. 긴박감이 감도는 것이다.

그런 면에서 탐정이나 경찰 시점의 미스터리는 재미있는 부분이 전부 배제되었다고 볼 수도 있다. 범인은 왜 살인을 결심했을까? 그곳에 이르기까지 어떤 감정을 가졌을까? 범행은 어떤 순

서로 이루어졌을까? 이런 디테일한 부분까지 모두 그려낼 수 있는 게 도서소설이다.

『크로이든발 12시 30분』과는 다른 형태로 도서소설을 쓸 수 없을까 하는 생각에서 비롯된 작품이 『푸른 불꽃』이다. 내게는 첫 번째 미스터리이기도 하고 대단히 신선하게 느껴지는 작업이었다.

일단 범행방법인 트릭을 짜고 필요한 순서나 상황을 구체적으로 생각했다. 그리고 그런 방법으로 누군가를 죽이려는 이는 과연 어떤 사람일까, 무엇이 그에게 그런 결심을 하게 만들었을까 등의 세밀한 부분까지 상상력을 발휘해 캐릭터를 설계했다.

이때 내가 우려했던 건 트릭만 존재하는 소설이어서는 안 된다는 점이다. 아무리 엄청난 트릭을 생각해도, 단지 그것을 보여주기 위한 내용이라면 전체적으로 얄팍한 인상에서 벗어나지 못한다. 그렇게 되지 않도록 나는 트릭을 사용하는 사람의 성격이나 배경을 철저히 연구했다.

미스터리에서도 사람을 그려내는 일은 대단히 중요하다. 이 부분을 소홀히 하면 "도저히 사람을 죽일 만한 타입으론 보이지 않는다"라든지 "왜 그런 범행을 저질렀는지 이해하기 어렵다"는 식의 위화감이 생겨난다. 평범한 샐러리맨이 고도의 물리적 지식이 필요한 범행을 저지르는 것 역시 비현실적이다.

『푸른 불꽃』에서는 고등학생인 슈이치가 이과적 지식을 구사해 '블리츠'라는 이름의 범행을 실행한다. 원래부터 그를 우등생으로 설정했지만, 그것만으로는 충분하지 않았다. 그래서 슈이치가 계획을 세우기 위해 도서관에서 열심히 공부하는 장면을 추가했다.

아무리 미스터리라도 트릭만 보여주어서는 안 된다. 트릭은 어디까지나 출발점에 불과하며, 범행에 이르는 필연적 요소를 배치해 드라마를 전개해야 한다.

| 영 | 화 | 나 | | 만 | 화 | 에 | | 사 | 용 | 되 | 는 | | | | | | |
| 기 | 법 | 을 | | 훔 | 쳐 | 라 | | | | | | | | | | | |

소설에는 SF나 호러를 비롯해 다양한 장르가 있다. 또한 미스터리라고 해도, 예전부터 사용하던 범인 찾기나 밀실트릭 같은 다양성이 존재한다.

평소에 작품을 많이 읽고 소설의 기본 유형을 알아두면 자신의 서랍을 늘리는 데 효과적이다. 가끔 작가가 되고 싶다고 말하면서도 책을 멀리하고, 최근의 화제작조차 살펴보지 않는 사람들이 있다. 소설은 누구라도 쓸 수 있지만, 그래서는 훌륭한 작품을 기대하기 어렵다.

특히 본격 미스터리를 쓰고 싶다면, 기존에 나온 트릭이나 패턴을 파악하기 위해서라도 가급적 많은 작품을 읽어야 한다. 미스터리 분야는 마니아층이 두텁다. 그야말로 수백 종의 작품을 닥치는 대로 읽고 치열하게 생각하는 사람들의 세계다.

앞에서도 말했듯이, 소설가를 희망한다고 소설만 읽어서는 안 된다. 영화나 만화 기법을 잘 모르는 사람의 작품은 이야기가 활자로만 전개되는 듯한 딱딱한 분위기가 느껴진다. 각 장면을 이미지로 상상하는 능력이 부족하기 때문이다. 이는 소설을 쓸 때 치명적 단점으로 작용한다.

다른 매체의 엔터테인먼트 기법을 파악하는 건 매우 중요하다. 특히 영화 한 편에는 여러 가지 표현법이 들어 있다. 활발하게 활동하는 작가들 중 영화를 좋아하는 사람이 유독 많은 건 옛날부터 자연스럽게 그런 기법을 접해왔기 때문 아닐까?

소설의 경우 혼자 작업하지만, 영화는 다양한 사람들이 함께 만들어간다. 물론 중심은 어디까지나 감독이다. 하지만 수많은 프로들이 아이디어를 내고 의논하며 영화를 만든다. 따라서 배울 점이 한두 가지가 아니다. 게다가 새로운 힌트도 얻을 수 있다. 소설이 혼자만의 닫힌 세계라면, 영화는 시야와 시점을 확대시킨다. 또한 글을 쓰다가 재충전도 할 수 있어, 작가 입장에서는 하나부터 열까지 장점뿐이다. 그러니 소설을 좋아하는 사람에게 영화는 자연스레 관심이 생겨나는 장르 아닐까?

만화의 호소력 역시 마찬가지다. 만화는 소설과 달리 컷의 앵글을 정할 수 있다. 대신 그 안에 들어가는 것은 모두 그려 넣어야 한다. 가령 학원물에서 교실을 그리는 경우, 그곳이 얼마나 큰 공간이고 학생은 몇 명이며 지금 무엇을 하는지 전부 설정해야 한다.

이것은 소설을 쓸 때 매우 중요한 포인트이다. 소설은 필요한 사실만 묘사하면 된다고 여기기 쉽다. 하지만 실제로는 '쓰여 있지 않은 부분'을 얼마나 구체적으로 이미지화하느냐가 표현의 수준을 좌우한다고 해도 과언이 아니다.

풍경을 그리는데 활자부분만 이미지화된다면 연극의 세트장에서 이야기가 진행되는 듯한 얄팍한 인상에서 벗어나지 못할 것이다. 이처럼 만화는 전혀 다른 분야 같지만, 컷 분할이나 앵글, 배경 묘사 등에서 많은 걸 배울 수 있다.

연극이나 뮤지컬 무대에서 영감을 받는 일도 적지 않다. 뮤지컬을 보노라면 노래가 가지는 힘과 효과에 압도되곤 한다.

로이드 웨버(Lloyd Webber. 영국의 세계적인 작곡가)가 인도인 작곡가에게 반해 프로듀스한 뮤지컬 『봄베이 드림스』를 보러 갔을 때의 일이다. 나는 글을 쓸 때 자주 듣는 '웨딩 카왈리 (Wedding Qawwali)'라는 곡이 언제, 어느 장면에서 나올지 가슴을 두근거리며 기다렸다.

축제를 주제로 한 곡이므로 마지막 대단원에 등장할 거라고 나름 상상했다. 그런데 무대가 시작되자 악인이 부르는 개선가로 사용되는 것 아닌가? 그로 인해 나는 공연을 보기 전에는 깨닫지 못했던 어두운 매력이 그 곡에 담겨 있음을 알게 되었다. 마치 새로운 사실을 발견한 것 같은 희열이 느껴졌다.

표현 수단은 다르지만 소설에서 이런 감동을 주려면 어떻게 해야 할까? 모든 걸 활자로 해결할 수는 없다. 하지만 독자에게 비슷한 감동을 안겨주기 위해 뭔가 방법을 모색해야 하지 않을까? 이처럼 다른 장르의 작품들은 시행착오를 돕는 계기가 되고, 결국 자기 성장의 밑거름으로 작용할 것이다.

하지만 모든 걸 그대로 받아들이라는 말은 아니다. 이른바 오마주 유형의 작품은 조심할 필요가 있다. 오리지널을 모르는 독자에게는 재미와 감동을 주기 어렵기 때문이다. 또한 아직 데뷔하기 전이라면 백지상태에서 자신의 창작으로 승부해야 한다. 반드시 오마주하고 싶은 작품이 있다면, 데뷔하고 인기작가가 된 후의 즐거움으로 미루는 것이 좋다.

『악의 교전』에는 연출의 소도구로 '모리타트(Moritat. 독일 카바레에서 베데킨트가 불렀던 일종의 교훈적인 공포를 불러일으키는 발라드)'라는 곡이 등장한다. 뮤지컬에서 직접적으로 영향을 받은 건 아니지만, 음악이 안겨주는 표현을 활용한 사례라고 할 수 있다.

'모리타트'는 많은 사람들이 멜로디를 떠올리는 유명한 작품이다. 따라서 곡명만 들어도 이야기의 분위기를 짐작할 수 있다. 나는 이 곡명이 자아내는 분위기가 연출면에서 효과적일 거라고 여겨 작품에 사용했다.

소설을 쓸 때 실제로 음악을 내보낼 수는 없지만, 이런 모티브가 도움을 주기도 한다.

의	욕	을		불	러	일	으	키	는						
자	신	만	의		방	법	을		찾	아	라				

소설을 쓰는 작업은 실로 고독한 싸움이다. 글을 쓸 때는 늘 혼자고 감시하는 사람도 없다. 따라서 게으름을 부리려면 얼마든지 가능하다. 애써 자신을 채찍질하며 컴퓨터 앞에 앉지만, 머리가 텅 비어 좋은 아이디어가 떠오르지 않을 때도 많다.

프로냐 아마추어냐에 상관없이 글쟁이들에게 이런 고통의 시간은 항상 존재한다. 간혹 출판계 모임에서 다른 작가들과 만나 '집중력을 높이는 방법' '의욕 스위치를 켜는 방법' 등에 대해 의견을 교환하기도 한다. 하지만 만능 특효약은 존재하지 않는다.

이를 악물고 스스로 계속 동기부여하는 수밖에 방법이 없다.

나는 시행착오를 거듭한 끝에, 스스로에게 의욕을 불러일으키는 효과적인 방법을 찾아냈다. 바로 "집필에 들어갈 때는 반드시 이것을 한다"는 식의 습관을 갖는 것이다. 항상 정해진 음악을 듣거나 글을 쓰기 전에 커피를 마시는 등, 강제적으로 그럴 마음이 들게 하는 뇌의 스위치를 만들면 된다.

특히 음악은 자기 안에서 이미지를 형성하는 데 큰 도움이 된다. 나는 일본 노래를 들으면 집중력이 흐트러지는 탓에 글을 쓸 때는 외국 음악을 듣는다. 『악의 교전』처럼 속도감이 중요한 엔터테인먼트를 쓸 때는 하드록을 크게 틀어놓는다. 『자물쇠가 잠긴 방』을 쓸 때는 차분하게 트릭을 고민해야 하므로 비교적 조용한 곡을 선택했다. 물론 사람에 따라서는 음악이 없어야 글쓰기가 가능한 사람도 있으리라.

참고로 프로 작가가 되면 한 작품에만 신경을 집중하기 어렵다. A신문사 연재와 B잡지사 연재, 또는 신문 연재와 단행본 작업을 병행해야 하는 경우도 있다. 그럴 때는 작업별로 음악을 바꿔주면 머릿속에서 재빨리 방향을 전환해 새로운 작품에 비교적 쉽게 몰입할 수 있다.

어느 유명한 작가는 작품별로 집필환경(방)을 바꾼다고 한다. 자신의 능률성을 극대화시키는 환경이 무엇인지 연구해 보기 바란다.

독자의
입장을 배려하라

훌륭한 엔터테인먼트 소설에는 두 가지 요건이 필요하다.

첫째, 재미가 있어야 한다.

둘째, 이해하기 쉬워야 한다.

나는 지금까지 지나치게 표현에 집착하지 말자는 것과 독자를 혼란스럽게 만들지 않는 비결을 이야기했다. 이런 배려는 결국 얼마나 독자의 처지에서 생각하느냐에 달렸다.

나는 독자였던 시절 느꼈던 불만을 종종 반면교사로 삼는다. 그리고 그런 불만을 줄이기 위해 여러 방법을 강구해왔다. 여기에서는 『다크 존』을 예로 들어 몇 가지 기법을 설명하고자 한다.

『다크 존』이 "인간으로 장기를 두고 싶다"는 아이디어에서 비롯되었다는 건 앞에서도 이야기했다. 인간을 몬스터로 만든 SF 소설이기 때문에 전투장면에서 리얼하기가 어려웠다.

그리하여 나는 전투장면과 현실세계를 번갈아 진행하는 구성을 택했다. 어디까지나 메인은 이세계(異世界)에서의 전투지만, 그것만 계속되면 독자가 피곤을 느끼고 무엇보다 단조로워질 우려가 있었다. 그래서 중간에 왜 그런 상황이 되었는지 설명하는 부분을 삽입함으로써 독자가 잠시 숨을 돌리도록 했다.

또한 『다크 존』에서는 "싸워라. 계속 싸워라"라는 말을 상투어처럼 자주 사용했다. 여기에는 이세계와 현실세계를 잇는다는 의미가 담겨 있다. 현실세계에서는 기사인 주인공이 대국 중 줄곧 스스로에게 들려주던 말이고, 이세계에서는 전투 중 금과옥조처럼 등장하는 말이다. 양쪽 무대에서 같은 말을 공유함으로써, 각기 다른 세계에서 펼쳐지는 듯한 이야기가 실은 하나로 이어져 있음을 암시한다.

두 가지 모두 어쩌면 쉽게 흘려버릴 수 있는 내용인지도 모른다. 하지만 사소한 부분이나마 독자의 마음에 호소하는 일은 매우 중요하다고 생각한다. 『다크 존』처럼 독자를 선택하는 독특한 유형의 작품이라면 더욱 그러하다.

이런 장치를 여기저기 설치해 독자가 조금이라도 쉽게 읽고 이야기에 몰입할 수 있도록 작가는 끊임없이 노력해야 한다.

스	스	로	를		정	해	진		틀	에							
가	두	지		마	라												

누구나 입을 다물지 못할 만큼 놀라운 트릭.
중독될 듯한 기묘한 문체.

모든 사람이 좋아할 만한 안정된 필치.

작가에게는 모두 각자의 독특함이 있다. 이런 개성은 의식적으로 표현할 수 있는 것이 아니다. 하나하나의 이야기를 완성해 나가는 과정에서 자연히 생겨난다.

수많은 작가들이 치열하게 경쟁하는 상황에서 자신만의 특징이나 명확한 강점을 가진 사람이 유리하다는 건 두말할 필요가 없을 것이다. 독창성을 지녀야 처음 만나는 독자의 머릿속에 선명한 기억을 남길 수 있다.

하지만 개인의 특징이나 강점을 지나치게 의식하거나 고집하면 세계가 좁아지고 한 가지 패턴에 빠질 우려가 생긴다. 아마추어 상태에서는 특히 "나는 이런 작가다"라는 틀에 빠지지 않아야 한다. 자신만의 특징이나 강점은 스스로 주장하는 게 아니라 독자를 포함한 주변 사람들이 인정해 주는 것이다. 즉, 프로 작가가 되어 경험을 쌓아가는 사이 자연스레 안주할 수 있는 장소를 발견하게 된다.

가령 히라이 가즈마사(平井和正)는 말투 자체가 독특한 맛이 있는 작가다. 나는 그의 열렬한 팬이다. 마치 하드보일드의 교과서 같은 말투에 이끌려 특별한 사건이 없어도 마음껏 즐길 수 있다. 그 말투는 오직 그 사람만 가능한 재능이며 재주다.

그는 인간 외의 캐릭터를 많이 사용한다. 하지만 정작 본인은 그것에서 느껴지는 독특함을 의식한 적이 없지 않을까? 즉, 자신만의 방법으로 원하는 세계를 그려왔을 것이다.

이것은 작가로서 매우 자연스럽고 이상적인 형태이다.

아마추어가 자신의 색깔을 정해 스스로를 틀에 가두는 건 가능성 자체를 제한하는 행동이다. 시간이 허락하는 한 여러 기법과 문체, 장르, 아이디어에 도전해 보기 바란다. 도전하지 않으면 어디에서 아름다운 꽃이 필지 모르는 법이다. 주특기 분야나 자신의 스타일이 아직 정해지지 않았다는 건 나쁜 일이 아니다. 오히려 수많은 가능성이 잠재되어 있다는 반증이라고 할 수 있겠다.

|신|인|상| | | | | | | | | | | | | | | | |
|공|략|법| | | | | | | | | | | | | | | | |

작가가 되기 위해서는 신인상에 응모하는 게 가장 **빠른** 지름길이다. 하지만 하나의 왕관을 놓고 수백 편의 작품이 경쟁하므로 숨막히게 치열한 삶의 현장이다. 혹시 거기서 수상했다 하더라도 작가로서 살아갈 길을 보장받는 건 아니다. 그렇더라도 누구에게나 기회가 열려 있는 공모라는 형태는 작가 지망생에게 고마운 일이 아닐 수 없다.

지금까지 여러 번 말했지만, 나 역시 신인상 출신 작가다. 꿈을 이루기 위해 생명보험회사를 그만두고 몇 년간 신인상에 응모하며 시간을 보냈다. 고민이 끊이지 않는 암중모색의 날들이었다.

최근에는 신인상이 많아져 "어느 상을 노리는 게 좋은가?" 하고 고민할지도 모르겠다. 미스터리 장르만 해도 신인상이라 이름 붙은 곳이 한두 군데가 아니다.

신인상 선택기준은 무엇이든 상관없다. 신인상을 주최하는 출판사를 기준으로 삼아도 좋고, 상금 액수로 정해도 좋다. 심사위원 중에 좋아하는 작가가 포함되어 있는 것도 강력한 동기부여가 된다.

나는 당시 호러 장르를 고집했기 때문에 1회부터 일본호러소설대상에 계속 응모했다. 이렇게 특정한 상을 목표로 정하고 꾸준히 도전하는 것도 좋은 방법이라 생각한다. 목표가 명확하면 경향과 대책을 파악하고 연구하기 쉽기 때문이다.

신인상을 노리기 위해 제일 먼저 할 일은 과거의 수상작을 모조리 읽는 것이다. 대학입시나 자격시험에서도 기출문제를 분석하는 일은 전략적으로 매우 중요하다. 그와 마찬가지로 어떤 작품이 수상했는지를 아는 일은 수상작품의 경향뿐만 아니라 그 상이 허용하는 진폭을 파악하는 데도 많은 도움이 된다.

수상작을 발표할 때 공개되는 서평도 꼭 읽어봐야 한다. 심사위원이 무엇을 중시하고 응모작의 어느 부분에 감점을 주는지 알아야 하기 때문이다.

그러나 그런 것들을 의식한 나머지 소설을 쓰는 일이 잔재주를 부리는 작업으로 전락해서는 안 된다. 가장 중요한 건 정말로 원하는 이야기를 쓰는 동시에 즐겁고 재미있는 소재를 찾는 일이다. 작가 스스로 즐겁지 않은데, 독자를 즐겁게 하고 재미까지 있는 소설이 어떻게 탄생하겠는가?

이 책을 읽는 독자 중에는 신인상에 지속적으로 도전하는 분들이 계실지도 모르겠다. 그들이 극복해야 할 과제는 심사의 어느 단계까지 갔느냐에 따라 다르다. 1차 심사를 통과하지 못했다면 문맥을 비롯해 문장을 근본적으로 다시 공부해야 한다. 아마도 전체적으로 개선의 여지가 많을 것이다. 이는 거꾸로 문장의 기본이 갖춰지고 소설로써 최소한의 체재를 갖추었다면 1차 심사를 통과할 가능성이 상당히 높음을 의미한다.

2차 심사에서 멈추었다면 소설의 형태는 갖추어졌다고 볼 수 있다. 그렇다면 이제 재미있는 아이디어와 스토리 작업에 매진하면 된다.

문제는 최종후보에 올랐지만 수상하지 못한 경우다. 이미 일정한 수준에 도달한 만큼 원고를 읽어보지 않는 한 탈락 원인을 알 수 없다. 아마도 아주 미세한 부분에 이유가 있을 테고, 그것은 작품에 따라 전부 다를 것이다.

그동안 심사위원으로 참여한 경험을 돌이켜보면 '특별한 장점'이 부족한 경우가 많다. 최종심사에 이르면 문장도 탄탄하고 나름대로 술술 읽히는 작품들이 포진한다. 그런데 그것들이 읽는 사람에게 전부 임팩트를 주느냐 하면 결코 그렇지 않다. 만약 비슷하게 평가받은 작품이 두 편 남는다면, 임팩트가 강한 쪽에 상을 주는 건 당연한 이치다. 즉, '특별한 장점'이 없으면 다른 후보작을 이길 수 없다.

최종후보에 올랐더라도 작가의 독선에 빠져 있는 작품이 적지 않다. 특히 남성이 여성 캐릭터를 그렸을 때, 그 여성 캐릭터의 말과 사고에서 독선적인 느낌을 받을 때가 많다. 또 살인사건의 동기가 너무 이타적이라서, 아무리 읽어도 이해할 수 없는 상태로 이야기가 전개되는 경우도 쉽게 발견된다.

이러한 독선에서 벗어나기 위한 가장 효과적인 방법은 3자의 눈을 미리 거치는 것이다. 즉, 응모하기 전에 주변의 신뢰할 수 있는 사람에게 원고의 일독을 부탁해 의견을 들어보기 바란다.

최종후보까지 올랐다는 건 필력면에서 프로 작가와 어깨를 나란히 할 수 있다는 의미이다. 수상작과의 차이는 종이 한 장에 불과하다. 따라서 마지막 순간까지 작품 수준을 끌어올리기 위해 최선을 다해야 한다.

장르문학 애호가 및 작가 지망생을 위한
기시 유스케의 선물

솔직히 고백하건대, 나는 미스터리나 SF에 비해 호러를 별로 좋아하지 않았다.

등골을 오싹하게 만드는 공포도, 온몸에 식은땀을 흐르게 하는 긴장감도, 속을 울렁거리게 만드는 구토감도, 독자를 일부러 괴롭히는 듯한 가학성에도 깊이 공감하지 못했다.

사람들은 왜 극도의 불편한 감정을 느끼면서까지 호러 소설을 읽을까? 사람들은 왜 자신의 감정을 일부러 괴롭히면서까지 호러 소설에 빠져들까? 이런 생각으로 호러 소설에 열광하는 친구들을 이해하지 못했다.

그런 내게 호러 소설의 재미를 가르쳐준 작가가 몇 명 있는데, 그 중 한 명이 바로 기시 유스케다. 그가 쓴 『검은집』을 읽고 나는 호러 소설의 매력에 푹 빠지고 말았다.

그의 작품은 다른 작가의 것과 좀 다르다.

우선 글을 읽어가다 보면 머릿속에 영상이 떠오른다. 그 영상은 자극적이면서도 자극적이지 않다. 공포를 향해 달려가는 과정은 자극적이지만, 그 밑에 깔린 인간에 대한 시선에서 깊은 신뢰와 따뜻함이 배어나온다.

그로 인하여 나는 호러라는 것이, 인간의 가장 원초적인 감정인 공포를 통해 인간의 본성을 깨닫고 삶을 돌아보게 하는 장르임을 알게 되었다.

기시 유스케의 주특기는 뭐니 뭐니 해도 『검은 집』과 『천사의 속삭임』 같은 호러다. 하지만 그는 그 분야에만 한정되어 머물지 않는다. 『유리망치』에서는 본격적인 추리소설의 즐거움을, 『푸른 불꽃』에서는 청춘소설의 재미를 안겨주고, 『신세계에서』에서는 거대한 SF 판타지의 세계로 독자들을 끌어들였다. 한 작품에 그토록 많은 조사와 공부, 그리고 연구를 하는 작가가 또 있을까?

그는 보험회사에 다니다 직장을 그만두고 소설을 쓰기 시작했다. 왜 갑자기 작가의 길로 인생의 방향을 튼 것일까? 호러 외에 미스터리와 SF, 청춘소설까지 다양한 스펙트럼을 오가는 그는 어디서 소재를 발굴하고, 어떤 방법으로 글을 쓰는 것일까? 작가로서의 원점은 어디일까?

그는 이 책을 통해 자신이 왜 작가가 되었고, 작가가 되기 위해 어떤 과정을 거쳤으며, 좋은 작품을 쓰기 위해 어떤 공부를 했는지 이야기한다. 또한 어디서 소재를 얻고, 캐릭터는 어떻게 설정하는지, 문장 공부는 어떻게 했는지, 어느 작가에게 어떤 영향을 받았는지, 프로 작가가 된 후로 어떤 작품을 써왔는지 솔직하고 담담하게 말한다. 장르문학을 쓰고 싶어하는 사람들을 위해 작가이자 인생의 선배로서 다정하고 디테일한 가르침을 전한다고나 할까?

『검은 집』을 통해서는 작품을 쓸 때 아이디어를 어디서 어떻게 얻는지, 『푸른 불꽃』을 통해서는 범죄를 다룰 때 작가가 어떤 윤리관을 가져야 하는지, 『다크 존』을 통해서는 무대를 어떻게 설정했는지, 『천사의 속삭임』을 통해서는 플롯이 얼마나 중요한지, 『신세계에서』를 통해서는 무대를 왜 1천 년 후의 일본으로 설정했는지, 『말벌』을 통해서는 작중작을 어떻게 활용했는지, 『유리망치』를 통해서는 밀실트릭이 성립하기 위한 환경이나 조건을 어떻게 만드는지, 『악의 교전』을 통해서는 상징적 모티브를 어떻게 활용했는지, 『13번째 인격』을 통해서는 첫 줄을 매끄럽게 쓰기 위해 어떤 과정을 거쳐야 하는지 이야기한다.

그는 말한다. "대중소설은 작가의 자기만족으로 끝나서는 안 된다. 판단기준은 어디까지나 재미가 있느냐 없느냐이다."

이 책은 선물 같은 책이다. 나처럼 기시 유스케를 좋아하는 팬에게는 그가 어떻게 글을 써나가는지 알 수 있는 기회를 제공한다. 또 호러와 추리, 미스터리 등 장르문학을 좋아하는 독자들에게는 각 장르의 특징과 어떻게 하면 그것들을 제대로 즐길 수 있는지 가르쳐준다. 더불어 그런 책을 쓰고 싶어하는 작가 지망생들에게는 그곳으로 가기 위한 길을 친절하고 자세하게 안내해 준다.

마지막으로, 이 책에는 기시 유스케가 지금까지 써온 작품들의 일부 내용이 중간중간 인용되고 있다. 그중 내가 번역한『검은 집』,『유리망치』,『푸른 불꽃』,『신세계에서』,『말벌』등은 그대로 사용했으며, 내가 번역하지 않은『다크 존』,『천사의 속삭임』,『13번째 인격』,『악의 교전』등은 이 책을 작업하며 새롭게 번역했음을 언급해 둔다.

2017년 8월

이선희

장르문학의 대가 기시 유스케의 엔터테인먼트 글쓰기
나는 이렇게 쓴다

지은이 기시 유스케
옮긴이 이선희

펴낸곳 도서출판 창해
펴낸이 전형배

출판등록 제9-281호(1993년 11월 17일)
1판 1쇄 인쇄 2017년 8월 29일
1판 1쇄 발행 2017년 9월 5일

주소 서울시 마포구 토정로 222(신수동 448-6) 한국출판콘텐츠센터 316호
전화 02-333-5678
팩스 02-707-0903
E-mail chpco@chol.com

ISBN 978-89-7919-013-7 03830
© CHANGHAE, 2017, Printed in Korea.

「이 도서의 국립중앙도서관 출판예정도서목록(CIP)은
서지정보유통지원시스템 홈페이지(http://seoji.nl.go.kr)와
국가자료공동목록시스템(http://www.nl.go.kr/kolisnet)에서
이용하실 수 있습니다.(CIP제어번호: CIP2017019750)」